Die Taunus-Ermittler Band 6 – Tödliche Neugier

Von Gabriele und Jürgen Jost bereits erschienen:

Kriminalromanreihe Die Taunus-Ermittler:

Band 1 – Steinige Wege
Band 2 – Spuren
Band 3 – Endstation Linie 3
Band 4 – Wo ist Verena?
Band 5 – Blanke Gewalt

Andere Romane:

Meeresrauschen für Lara – Eine Arbeitswelt, Mallorca und
Frauenroman

Weitere Infos unter:
www.Gabriele-und-Jürgen-Jost.de

Gabriele und Jürgen Jost

Die Taunus-Ermittler 6 – Tödliche Neugier

Kriminalroman

Bibliografische Information der Deutschen Nationalbibliothek:
Die Deutsche Nationalbibliothek verzeichnet diese Publikation in der
Deutschen Nationalbibliografie;
detaillierte bibliografische Daten sind im Internet über
http://dnb.d-nb.de abrufbar.

© 2015 Gabriele und Jürgen Jost
Satz, Umschlaggestaltung, Herstellung und Verlag:
BoD – Books on Demand
ISBN: 978-3-7386-9841-1

1.

An einem klaren Sonntagmorgen im Dezember, die Zwillinge von Verena und Stefan Weimershaus waren gerade einmal zehn Monate alt, stand Stefan schon früh auf. Er hatte in der vergangenen Nacht nur wenig geschlafen, dennoch hielt ihn nichts mehr im Bett. Auch seine Frau konnte ihn selbst mit den verlockendsten Angeboten nicht zum Liegenbleiben bewegen.

Da es für diese Jahreszeit außergewöhnlich mild war, trat er im Schlafanzug auf den Balkon hinaus und atmete tief durch. Er dachte an die vergangene Nacht zurück, die es in sich gehabt hatte, auch wenn er und Verena wieder mal nicht dazu gekommen waren, miteinander zu schlafen. Aber das war in den letzten zehn Monaten ohnehin nur im Ausnahmefall vorgekommen, denn ihre ungemein nachtaktiven Zwillinge wussten das meist zu verhindern. Abends wollten die kleinen Teufel stundenlang herumgetragen werden, bis sie dann irgendwann doch schliefen. Aber wehe, Stefan und Verena hatten sich erschöpft von den endlosen Wanderungen endlich ins Schlafzimmer zurückgezogen, dann begann eines von beiden erneut zu plärren, und der ganze Zirkus ging von vorn los.

In der vergangenen Nacht waren die Kleinen besonders unruhig gewesen, denn sie waren erkältet. Und gerade als die beiden gegen halb zwölf endlich im ersten Schlummer gelegen hatten, hatte das Telefon zu läuten begonnen, und das Ende vom Lied war, dass Alina und Anina sich erneut zu Wort meldeten.

Aber auch Verena war bei dem Klingeln heftig zusammengezuckt, denn sie war in Sorge um ihren Opa, Andreas Stettner, der mit seinen inzwischen fünfundsiebzig Lenzen zwar noch sehr rüstig war, aber zurzeit mit einer schweren Grippe im Bett lag.

»Stett… äh, Weimershaus«, hatte sie sich erschrocken gemeldet, obwohl sie sich eigentlich schon gut an ihren neuen Familiennamen gewöhnt hatte.

Dann hatte sie das Telefon auf die Freisprecheinrichtung umgestellt, und zu ihrer und Stefans Erleichterung war es nicht die Stimme ihrer Oma Dagmar, die ihnen entgegenschallte. Das laute Organ ihrer Nachbarin Greta Hirsch, deren Wohnung am mittleren der drei Treppenaufgänge ihrer kleinen Wohnanlage lag, kam lautstark und nicht gerade höflich aus dem Gerät.

»Zum Donnerwetter mit Ihren Zwillingen«, hatte sie ins Telefon gebrüllt, »können die denn nichts anderes als immerfort zu plärren? Wie soll man denn da seine Ruhe finden, nicht wahr, Gernot?«

Greta Hirsch hatte ihren Mann um Unterstützung gebeten und diese auch prompt bekommen, als Verena den Fehler beging, darauf hinzuweisen, dass die Kleinen im Moment erkältet seien.

»Denken Sie daran, dass Sie diese Wohnung nur gemietet haben!«, hatte Gernot Hirsch losgepoltert, noch bevor Verena ihren Satz beenden konnte. »So etwas kann sich sehr schnell ändern, wenn man rechtschaffene Personen, die morgens früh rausmüssen, von ihrem nötigen Schlaf abhält.«

In diesem Augenblick hatte sich Stefan nicht mehr zurückhalten können.

Er hatte Verena den Hörer aus der Hand genommen und die Hirschs angefahren: »Das trifft ja bei Ihnen ganz gewiss nicht zu!«

Dann hatte er kurzerhand aufgelegt. Ob er die Rechtschaffenheit der Hirschs gemeint hatte oder dass sie früh herausmussten, hatte er ganz bewusst offen gelassen. Schließlich wusste er genau, dass Gernot Hirsch seit dem vergangenen Sommer Rentner war und viel Zeit hatte.

Zum Glück waren die Zwillinge nach diesem Zwischenfall recht schnell wieder eingeschlafen, und auch Verena war endlich zur Ruhe gekommen. Nur Stefan, der sich mehr aufgeregt hatte, als er zugab, hatte sich eine Flasche Bier aus dem Kühlschrank genommen und sich damit noch einmal ins Wohnzimmer gesetzt. Erst nach eins war er zu Verena ins Bett geschlüpft.

So weit hatte er auf dem Balkon in Gedanken die letzte Nacht noch einmal Revue passieren lassen, als Verena leise von hinten an ihn herantrat und in sein Ohr sagte: »Guten Morgen, mein Schatz.«

Er fuhr herum, grinste nach einer Schrecksekunde seine Frau an und fragte: »Morgen, Liebling, du bist auch schon auf?«

»Ja, es ist so mild heute Morgen, da musste ich einfach raus. Man könnte meinen, in einigen Tagen wäre Ostern und nicht Weihnachten.«

»Ja, wir könnten fast auf dem Balkon frühstücken.«

»Na, jetzt übertreib mal nicht. – Mir lässt das keine Ruhe, was der alte Hirsch heute Nacht am Telefon gesagt hat. Meinst du, er könnte uns wirklich Schwierigkeiten machen?«

»Nein, das halte ich für ausgeschlossen. Aber ich ruf nachher zur Sicherheit mal unseren Vermieter an. Denk dran, was Herr Wohlers zu uns gesagt hat, als wir hier eingezogen sind: Hier im Haus seien fast in jeder Wohnung Kinder groß geworden, und mit unseren Kleinen komme nun, da sie alle erwachsen sind, endlich wieder etwas Leben in die Bude. Und alle anderen Nachbarn haben sich bei unseren Antrittsbesuchen so ähnlich ausgedrückt. Ich denke, von daher droht wenig Gefahr.«

»Sprich trotzdem mit ihm, bitte. Denn erst wenn er sagt, dass alles okay ist, werde ich meine Ruhe wiederfinden.«

»Ja, mach ich gleich heute Vormittag. Jetzt ist es noch etwas früh. Aber sag mal, die Hirschs sind doch sonst auch sonntags schon vor sieben auf. Heute sind die Rollläden bei denen noch geschlossen.«

»So?«, rief Verena verwundert, die inzwischen schon wieder am Kinderbettchen stand, denn die Kleinen hatten sich auch schon wieder zu Wort gemeldet.

Da öffnete sich zaghaft einer der Rollläden der Wohnung Hirsch.

»Schade«, entfuhr es Stefan, »ich dachte schon, der Teufel hätte die zwei endlich geholt.«

»Schatz, was hast du gesagt?«

»Ach, nichts«, antwortete Stefan, um dann aber zu wiederholen: »Ich dachte schon, der Teufel hätte sie geholt.«

»Der hätte sie spätestens nach zwei Tagen zurückgebracht, denn das hätten seine Nerven nicht ausgehalten«, kommentierte Verena Stefans Wunsch trocken und nahm die Kleinen aus dem Bett.

Gut zwei Stunden später hatten Stefan und Verena gefrühstückt, und auch ihr Nachwuchs war versorgt. Während sie mit ihrer Mutter im Wohnzimmer spielten, nahm Stefan das Mobilteil ihres Telefons mit in die Küche und wählte die Nummer ihres Vermieters.

Konrad Wohlers war ein Mann Ende siebzig und noch sehr rüstig. Dennoch lebten seine Frau und er in einem Apartment im Altenheim beim Kloster, da Frau Wohlers letztes Jahr einen Schlaganfall erlitten und sich nur teilweise davon erholt hatte. Damals waren die zwei kurzerhand aus der Krakauer Straße auf den Klosterberg umgezogen und hatten ihre Eigentumswohnung vermietet.

»Wohlers«, meldete sich der alte Mann denn auch prompt, kaum dass Stefan die Durchwahl zu seiner Wohnung gewählt hatte.

»Guten Morgen, Herr Wohlers, hier ist Stefan Weimershaus.«

Konrad Wohlers hatte den besorgten Unterton in Stefans Stimme sofort vernommen und fragte rundheraus: »Na, wo drückt denn der Schuh?«

»Wie bitte?«

»Herr Weimershaus, wenn Sie sonntagvormittags bei mir anrufen, dann brennt's doch irgendwo. Ist ein Fenster kaputt oder die Heizung ausgefallen?«

»Wenn es nur das wäre – wir haben Ärger mit einem Nachbarn und …«

»Etwa mit dem Ehepaar Hirsch?«

»Woher wissen Sie das?«, fragte Stefan verblüfft, und der Alte antwortete: »Es konnte im Grunde gar nicht anders sein. Obwohl ich gehofft hatte, die wären inzwischen ruhiger geworden. Haben Ihre Kinder vielleicht draußen gespielt und sind dem Auto von Herrn Hirsch zu nahe gekommen?«

»Nein, unsere Kinder sind ja erst zehn Monate alt … Warum fragen Sie?«

»Ach, das haben die vor fünfzehn Jahren schon mal gemacht. Damals hatten sie die Krämers nebenan auf dem Kieker. Hirsch hat Herrn Krämer bis vor den Kadi gezogen, weil dessen Sohn angeblich beim Spielen sein Auto beschädigt hatte. Diese Leute sind fürchterliche Querulanten. Übrigens ist Frau Hirsch noch schlimmer und stachelt ihren Mann immer wieder aufs Neue an. Ich glaube fast, sie ist die eigentliche Triebfeder. Welcher Art ist der Ärger denn, den Sie haben?«

»Gestern Nacht um halb zwölf haben wir einen Anruf von Frau Hirsch bekommen. Sie beschwerte sich, unsere Zwillinge würden zu laut schreien. Aber auch ihr Mann hat uns durchs Telefon angeblafft. Er hat gesagt, wir sollen uns vorsehen, wir seien schließlich nur Mieter …«

»Da machen Sie sich mal keine Sorgen. Die Hirschs sind in der gesamten Wohnanlage nicht gerade beliebt. Die schaffen es nicht, gegen Sie Stimmung zu machen. Ich könnte Ihnen da Dinge erzählen …«

»Ja?«, hakte Stefan sofort nach.

Da der alte Mann das Ganze gern einmal loswerden wollte, erzählte er prompt weiter: »Meine Frau und ich haben diesen Leuten nie allzu viel Angriffsfläche geboten, denn wir haben keine Kinder, und unser Auto parkten wir weit von deren Wagen entfernt. Aber einmal hat es auch uns erwischt. Wir hatten zu Silvester Besuch, da riefen sie bereits um kurz nach halb eins an, wir sollten doch endlich Ruhe geben. Dabei wurde auf der Straße noch heftig geknallt und geböllert. Aber das ist nichts im Vergleich mit dem, was ihre Nachbarn im mittleren Treppenaufgang mitzumachen haben. Wehe, da liegt ein Papierschnitzel herum oder ein Schuhabdruck ist auf der Treppe zu sehen. Die klingeln überall und geben keine Ruhe, bis der Verursacher wieder für Ordnung sorgt. Ausgerechnet an diesem Treppenaufgang wohnen mehrere Familien mit Kindern.«

»Daran wird es liegen. Die Hirschs haben keine Kinder und wissen nicht damit umzugehen …«

»Da täuschen Sie sich aber«, unterbrach ihn Wohlers, »sie haben einen erwachsenen Sohn. Er wohnt in Hornau und hat nur wenig Kontakt zu seinen Eltern, was ich ihm wirklich nicht verdenken kann … Normalerweise tratsche ich nicht, aber falls die beiden Sie wirklich aufs Korn genommen haben sollten, ist es besser, Sie wissen Bescheid.«

»Moment, sagten Sie nicht, die können uns nicht an den Karren fahren?«

»Diese Leute können Sie nicht einfach rauswerfen lassen, da habe ich schließlich auch noch ein Wörtchen mitzureden. Aber nun zu ihrem Sohn, Rainer heißt er; der hatte alles andere als eine schöne Kindheit. Er durfte nur zum Spielen raus, wenn das Wetter gut war, und falls er sich einmal schmutzig gemacht hatte, war der Teufel los. Da hat man den Alten bis zu uns herüber brüllen gehört. Oder meinen Sie vielleicht, der Junge hätte Freunde mit nach Hause bringen dürfen? Nein, die hätten ja die Wohnung schmutzig machen können. Außerdem hat Frau Hirsch peinlich genau darauf geachtet, dass er sich nicht mit Kindern abgab, die unter ihrem ›Niveau‹ waren.«

»Ach du Scheiße …«

»Das können Sie laut sagen. Zum Bruch zwischen den Eltern und Rainer kam es schließlich, als er ihnen seine Freundin vorstellte. Sechs oder sieben Jahre ist das her. Die war vor allem Frau Hirsch nicht gut genug. Sie hat nur an ihr herumgemäkelt. Als sie ihrem Sohn den Umgang mit ihr verbieten wollte und sein Vater ins gleiche Horn stieß, ist Rainer kurzerhand ausgezogen. Die beiden hatten einfach übersehen, dass ihr Sohn schon vierundzwanzig war und eine abgeschlossene Ausbildung hatte. Rainer ist dann mit seiner Freundin zusammengezogen. Inzwischen haben die beiden in Hornau ein Haus gekauft. Rainer ist übrigens trotz der verkorksten Kindheit ein netter Kerl geworden.«

»Das kann man bei diesen Eltern fast nicht glauben.«

»Ist aber so. Immer wenn er es zu Hause nicht mehr aushielt, kam er zu uns und hat sich ausgeheult. Ich glaube, die Alten hätten ihm und uns den Kopf abgerissen, wenn sie das auch nur geahnt hätten. Aber Rainer hat uns das nie vergessen, dass wir für ihn da waren. Als meine Frau den Schlaganfall hatte, hat er uns beim Umzug geholfen, und er hat uns hier oben schon zweimal besucht.«

»Danke für die Informationen«, sagte Stefan, und gerade als er sich verabschieden wollte, fragte Wohlers: »Ich hatte es Ihnen ja schon einmal angeboten: Wollen Sie die Wohnung nicht kaufen? Ich hätte sie, wie Sie wissen, ja ohnehin lieber verkauft als vermietet.«

»Ja, das würden wir gerne machen, aber das ist im Moment finanziell nicht drin. Vielleicht klappt es ja in zwei oder drei Jahren, wenn die Zwillinge im Kindergarten sind und meine Frau und ich wieder beide arbeiten können. Aber erst einmal danke für Ihre Offenheit in Sachen Familie Hirsch – und schönen Sonntag noch!«

Nachdem er aufgelegt hatte, sah Stefan auf die Uhr und sagte darauf zu Verena: »So, jetzt müssen wir uns aber beeilen.« Sie waren zum Mittagessen bei Peter, Annika und Sven eingeladen.

Nicht einmal eine halbe Stunde später saßen alle sieben um den großen Esstisch in Peters ehemaligem Arbeitszimmer versammelt und ließen sich den Schweinebraten mit Klößen, den Annika zubereitet hatte, schmecken. Peter hatte sein Arbeitszimmer nach Stefans Auszug in das kleinere der beiden Zimmer unter dem Dach verlegt und das alte Arbeitszimmer zum Esszimmer umfunktioniert. Sven hatte das größere Dachzimmer und seine eigene Dusche bekommen, und so waren alle zufrieden.

Annikas und Svens Umzug nach Kelkheim im vergangenen Juni hatte reibungslos geklappt. Sven besuchte inzwischen die vierte Klasse der Grundschule in den Sindlinger Wiesen und hatte sich so schnell eingewöhnt, dass er bereits zu den Klassenbesten zählte. Endlich war Peter am Ziel seiner Träume und hatte die kleine Familie, die er sich zeitlebens gewünscht hatte. Auch wenn er dafür über fünfzig Jahre alt hatte werden müssen.

Nach dem Essen lehnte Peter sich genüsslich zurück und sagte: »So, Stefan, erzähl mal, was hat dieser Hirsch dir alles an den Kopf geworfen?«

Stefan erzählte alles, was sich in der Nacht ereignet hatte, und berichtete auch vom Telefonat mit seinem Vermieter und von dessen erneutem Angebot, ihm die Wohnung zu verkaufen.

»Mensch, dann kauf sie doch!«, rief Peter überschwänglich, und Stefan fragte irritiert: »Wovon denn?«

»Als Anzahlung könnt ich dir zwanzigtausend Euro leihen. Über den Rest könnt ihr ja Ratenzahlung vereinbaren.«

Während Stefan seit gut einem Jahr Alleinverdiener war, hatten Annika und Peter ein doppeltes Einkommen, und den Unterschied merkte man immer wieder. Während das junge Ehepaar erst neulich Verenas neues Auto bar bezahlt hatte, hatte Peter seinen Wagen als Firmenwagen günstig finanzieren können. So war er zurzeit deutlich flüssiger als sein Freund.

»Also – wenn du deinem Vermieter eine Anzahlung machst und tausend Euro monatlich …«

»Tausend, spinnst du? Von was denn?«

»Jetzt gib doch erst einmal Ruhe und hör zu, was ich mir ausgedacht habe! Was hältst du davon, wenn wir die Arbeit in unserer Detektei zukünftig etwas anders verteilen?«

»Und zwar wie?«

»Ich wollte mir ohnehin etwas mehr Zeit für meine Familie nehmen. Deshalb wäre es mir ganz recht, wenn wir die Arbeit nicht mehr halbe-halbe aufteilen, sondern du etwa sechzig Prozent übernimmst. Das bedeutet, bei den größeren Fällen würden wir wie bisher zusammenarbeiten, aber bei kleineren Aufträgen wie Scheidungssachen oder Überwachungen könntest du einige Fälle in Eigenregie übernehmen …«

»Moment mal, was soll mir das bringen?«

»Na, mehr Geld natürlich. Denn in den Fällen, die du künftig allein bearbeitest, brauchtest du das Honorar selbstverständlich auch nicht zu teilen.«

»Das hört sich nicht einmal schlecht an. Heißt aber auch, dass du dir einen faulen Lenz machst, während ich mich abrackere.«

»Nein, nein, so war das nicht gedacht. Zum Ausgleich würde ich dir natürlich Vorrang in der Urlaubsplanung einräumen. Wenn du zum Beispiel vier Wochen am Stück nehmen willst, würde ich nur zwei machen, damit der Laden weiterläuft. Was hältst du davon?«

»Das hört sich nicht schlecht an und ist durchaus des Nachdenkens wert.«

»Mach aber schnell, bevor ich es mir anders überlege.«

»Ach, im Grunde habe ich mich bereits dafür entschieden. Nur fürchte ich, Herr Wohlers wird mit einer Anzahlung von zwanzigtausend Euro kaum zufrieden sein.«

»Wieso nicht?«

»Der Mann ist fast achtzig. Selbst bei tausend Euro im Monat würde das für ihn zum Verlustgeschäft werden.«

»Stimmt.«

»So schnell können Träume sterben.«

»Nun wirf die Flinte mal nicht so schnell ins Korn. Was haltet ihr davon, wenn ich meinen Vater anhaue. Er hat ja damals durch den Verkauf seines Hofs und der dazugehörenden Ländereien ganz schön Kohle gemacht und das Geld mehr als geschickt investiert. Es würde mich nicht allzu sehr wundern, wenn er seiner einzigen Enkelin und dir zuliebe den Wohnungskauf unterstützt.«

»Irgendwie ist mir das unangenehm«, sagte Stefan, und Verena nickte. Aber Peter erklärte: »Das muss es nicht, denn ihr wollt das Geld ja nicht geschenkt, sondern als zinsgünstiges Darlehen. Warum soll man das Geld den Banken in ihren nimmersatten Rachen werfen, wenn es auch anders geht?«

»Auch wieder wahr«, meinte Verena, und Stefan nickte nachdenklich. Dann lächelte er und sagte: »So, jetzt lasst uns mal über was anderes reden als über Geld oder diese blöden Hirschs.«

»Ja, zum Beispiel, wo unser Ausflug nächsten Sonntag hingehen soll«, meldete sich nun Sven zu Wort, und so sprachen sie noch eine Weile darüber, ob es in der kommenden Woche kalt genug würde, um auf der Wasserkuppe rodeln zu gehen.

Ein Kälteeinbruch drei Tage später klärte diese Frage, und so vergingen die nächsten Wochen im ständigen Wechsel aus zu warmen und bitterkalten Tagen. Zwischen den Familien Weimershaus und Hirsch schien wenigstens während der kalten Jahreszeit so etwas wie Waffenstillstand zu herrschen, und Stefan gab sich bereits der trügerischen Hoffnung hin, dass alles ausgestanden wäre.

Doch dann kam dieser erste wirklich angenehm warme Morgen im März. Stefan war etwas zu spät dran und wollte die kurze Strecke zur Detektei in der Frankfurter Straße ausnahmsweise mit dem Auto fahren. Er hatte sich gerade in seinen im vergangenen Jahr von Peter übernommenen Wagen gesetzt und das Fenster heruntergelassen, als ihn ein scharfer Zuruf innehalten ließ.

»He, Sie da!«

Stefan nahm die Hand vom Fensterheber und drehte sich auf dem Fahrersitz herum. Da sah er zu seinem Schrecken, wie Gernot Hirsch direkt auf sein Auto zugestürmt kam.

Noch bevor Stefan »Guten Morgen« sagen konnte, polterte sein Gegenüber los: »Ach, Sie sind das! Hätt ich mir ja denken können. Hab ich Sie endlich erwischt!«

Stefan, der es sehr eilig hatte, da er Peter bei einer Observation in Mörfelden-Walldorf ablösen sollte, fragte ungeduldig: »Was gibt es denn? Ich habe nicht viel Zeit.«

Das hätte er besser nicht gesagt, denn nun lief Gernot Hirsch zur Hochform auf.

»Die werden Sie sich schon nehmen müssen.«

»Wieso …?«

»Weil ich Sie dabei erwischt habe, wie Sie meinen Wagen gerammt haben!«

»Wie denn das? Ich bin heute Morgen noch keinen Meter gefahren. Sehen Sie Gespenster?«

»Aber gestern Abend!«, brüllte Hirsch nun umso lauter und setzte hinzu: »Ich werde jetzt die Polizei rufen.«

»Tun Sie, was Sie nicht lassen können, aber ich muss zur Arbeit, und die Polizei hat bestimmt Besseres zu tun, als sich um Ihren Mist zu kümmern.«

»Das werden wir ja sehen.«

Stefan, der sich auf keine weitere Diskussion einlassen wollte, startete das Auto und legte den Rückwärtsgang ein, um aus der Parkbucht zu fahren, aber Hirsch war schneller. Blitzschnell baute er sich hinter dem Auto auf, zog sein Handy aus der Tasche und wählte. In diesem Moment trat Verena auf den Balkon hinaus, der nur wenige Meter von den Parkplätzen entfernt war.

Stefan wusste, dass er jetzt keinen Fehler machen durfte, um sich nicht ins Unrecht zu setzen, obwohl er sich keiner Schuld bewusst war.

Deshalb rief er seiner Frau zu: »Verena, Herr Hirsch behauptet, ich hätte gestern Abend sein Auto gerammt! Er hat bereits die Polizei gerufen, was ja sein gutes Recht ist. Ich lasse mein Auto hier stehen, damit die Beamten es untersuchen können. Wirf mir doch bitte deinen Autoschlüssel runter. Sprich auch mit den Beamten und ruf Claus an. Vielleicht kann er ja mal kurz vorbeikommen.«

»Ach, verständigen Sie bereits Ihren Anwalt?«, fragte darauf Gernot Hirsch, der schon glaubte, leichtes Spiel zu haben.

»Klar doch«, sagte Stefan und grinste, dann meinte er schnippisch: »Lassen Sie die Beamten ruhig meinen Wagen untersuchen. Wenn die auch nur einen Kratzer finden, der zu den tausend Beulen an Ihrer alten Schüssel passt, gebe ich Ihnen ein Bier aus.«

»Ich lasse mich doch nicht von Ihnen bestechen!«, fuhr Stefans Nachbar hoch und wandte sich wieder seinem Handy zu.

Während er telefonierte, ging Stefan zu Verenas Auto, fuhr ins Büro hinüber und holte das Teleobjektiv, um das Peter ihn gebeten hatte.

Unterdessen hatte Verena Claus Mergentheimer angerufen und den Leitenden Kommissar der Hofheimer Kripo auch gleich selbst an der Strippe. Sie schilderte Peters Freund, was geschehen war, und bat ihn um Hilfe.

Claus, der bereits um den schwierigen Charakter Gernot Hirschs wusste, dachte kurz nach, dann sagte er: »Wir bekommen dann sicher gleich einen Anruf der Kelkheimer Beamten, sie werden die Spurensicherung anfordern. Normalerweise würde ich dafür Franz Leitner rausschicken, aber in diesem Fall schnappe ich mir unseren Mann von der KTU und komme selbst. In spätestens einer halben Stunde bin ich da.«

Verena legte den Hörer zurück und trat wieder auf den Balkon, um Gernot Hirsch zu beruhigen. Der Querulant stand noch immer vor Stefans Auto, grummelte leise vor sich hin und wartete auf das Eintreffen der Polizei.

Als Verena sich ihm zeigte, sagte er grimmig: »Aha, ich dachte schon, Sie hätten sich auch aus dem Staub gemacht. Das wäre dann Fahrerflucht gewesen.«

»Beruhigen Sie sich, Herr Hirsch, ich komme zu Ihnen heraus. Dann können wir gemeinsam auf die Polizei warten.«

»Na ja …«, brummte er und sah ungeduldig auf seine Armbanduhr.

Während Gernot Hirsch ruhelos auf der Straße auf und ab ging, mühte sich Verena damit ab, die Kleinen anzuziehen und in den Kinderwagen zu setzen, was bei den zappeligen Zwillingen gar nicht so einfach war. Endlich hatte sie es geschafft, den Zwillingsbuggy, den Stefan am Morgen aus dem Keller geholt hatte, auseinanderzuklappen und mit ihren Kindern auf die Straße zu rollen.

Gerade als sie beim Auto ankam, bog auch der Kelkheimer Streifenwagen ein. Die Beamten stiegen aus und gingen auf Gernot Hirsch zu. Dabei konnte der Ältere der beiden, der schon öfter mit Hirsch zu tun gehabt hatte, ein Grinsen nicht unterdrücken und warf dem jüngeren Kollegen einen bedeutungsvollen Blick zu.

»Guten Morgen, haben Sie uns angerufen?«

»Ja.«

»Welches ist denn das Auto, das gerammt wurde?«, fragte der Ältere.

Hirsch zeigte auf seinen alten, klapprigen Ford Sierra und sagte: »Der Ford da ist es. Die Stelle, die ich meine, ist die Beule hinten links.«

»Und welches Auto soll nun das sein, das Ihren Wagen gerammt hat?«

»Das war der kleine Mercedes da. Sein Besitzer hat das gestern Abend beim Einparken verursacht.«

»Wo ist denn der Halter des Fahrzeugs?«

»Der hat sich aus dem Staub gemacht.«

»Also Fahrerflucht?«, fragte der jüngere der beiden Beamten seinen älteren, erfahrenen Kollegen, und als der nicht gleich reagierte, erklärte Verena: »Moment mal, das Auto gehört meinem Mann. Und außerdem, wenn überhaupt jemand die Rostlaube dieses werten Herrn gerammt hat, müsste ich es gewesen sein, denn ich bin gestern Abend gefahren.«

Hirsch fuhr herum und starrte Verena eine Sekunde lang zornig an, denn diese Runde ging eindeutig an sie.

Dann aber entspannten sich seine Züge, und er sagte

scheinbar gleichgültig: »Na ja, egal, wer gefahren ist. Hauptsache, Sie kommen für den Schaden auf.«

»Welchen Schaden denn? Ich weiß von nichts.«

»Sie bestreiten also, das Auto von Herrn Hirsch gerammt zu haben?«

»Ja, ganz entschieden.«

»Dann werden wir wohl die Spurensicherung brauchen. Ruf doch mal in Hofheim an«, wies der ältere Beamte seinen jungen Kollegen an, der zum Polizeiwagen hinüberging.

Hirsch, der andere Beamte und Verena mit ihren Zwillingen standen einige Minuten schweigend bei den Autos, und gerade als der zweite Beamte vom Telefonieren zurückkam, hielt ein dunkelblauer Opel Omega Caravan bei ihnen an.

»Das ging aber schnell«, murmelte der ältere Polizist und kratzte sich an seinem blanken Schädel, denn er hatte den zivilen Wagen der Hofheimer Kripo sofort erkannt.

»Ihr werdet ja immer schneller«, begrüßte er Claus Mergentheimer. »Ist heute nicht Kriminalhauptmeister Leitner im Dienst?«

»Nein, heute bin ich selbst vor Ort. Wir waren gerade in einer anderen Angelegenheit unterwegs, als wir Ihren Anruf bekamen«, flunkerte Claus, der nicht alle Karten auf den Tisch legen wollte.

Unterdessen hatte sich der Mann von der Spurensicherung an die Arbeit gemacht und ließ sich von Gernot Hirsch erklären, welche Delle Stefans Auto verursacht haben sollte. Fünf Augenpaare verfolgten dabei jede seiner Handbewegungen, und als der Kriminaltechniker sich wenige Minuten später erhob, fragte Claus: »Na, Thorsten, wie sieht's aus?«

»Ich hab nichts finden können. Wenn es überhaupt einen

Zusammenstoß der beiden Wagen gab, hat er keine Spuren hinterlassen.«

»Was soll das?«, fragte Hirsch, nach Luft schnappend, und der Kriminaltechniker erklärte: »Beulen und Kratzspuren gibt es ja zur Genüge, aber davon ist keine neuer als vier Wochen. Die meisten davon sind sogar deutlich älter. Der angesetzte Rost spricht da eine ganz deutliche Sprache. Ganz besonders die Beule, um die es geht. Das wäre aber auch für jeden Laien zu erkennen gewesen.«

»Was wollen Sie damit sagen?«, fragte Hirsch, gar nicht mehr so selbstsicher.

»Mit etwas bösem Willen könnte man das als versuchten Betrug werten«, sagte Claus zu dem daraufhin vollends verunsicherten Mann, der augenblicklich begann zurückzurudern.

»Da … da muss ich mich wohl geirrt haben«, sagte er mit brüchiger Stimme, und Verena, die keine Eskalation wollte, stimmte zu: »So wird es gewesen sein.«

Dabei warf sie Claus einen vielsagenden Blick zu.

»Dann haben wir dieses Missverständnis ja aufgeklärt«, sagte Claus. »Thorsten, wir packen zusammen.«

Dann verabschiedete er sich und gab dabei nicht zu erkennen, dass er Verena kannte. Dieser Querulant hätte sonst bestimmt Claus' Chef, Kriminaloberrat Bäumler, angerufen und Claus ein Gefälligkeitsgutachten unterstellt. Das wäre zwar abwegig gewesen, denn die Untersuchung hatte Thorsten Fink durchgeführt, und der kannte weder Verena noch Stefan. Aber da Claus und sein Chef ohnehin oft genug unterschiedlicher Meinung waren, hätte es trotzdem zu Verwicklungen führen können.

Kurz nachdem die Hofheimer Beamten gefahren waren, verabschiedeten sich auch die Kelkheimer Polizisten.

Verena sah Hirsch, der wie ein getretener Hund davonschlich, noch eine Weile nach, murmelte: »Du kannst mir nur leidtun«, und ging mit den Kleinen noch eine halbe Stunde im nahen Park spazieren.

In den folgenden Wochen gingen sich die Familien Hirsch und Weimershaus so gut wie möglich aus dem Weg, und wenn sie sich doch einmal begegneten, sah Gernot Hirsch demonstrativ zur Seite.

So kam es, dass an jenem Tag im März die letzten Worte zwischen Stefan, Verena und den Hirschs gewechselt wurden.

2.

Ziemlich genau vier Wochen später, der noch junge April nervte einmal mehr mit launischem Wetter, hatten Stefan und Peter einen arbeitsfreien Tag eingelegt.

Das aber nicht deshalb, weil nach dem sonnigen Vortag mit fast fünfzehn Grad nun ein heftiges Schneegestöber niederging, sondern einfach, weil derzeit die Aufträge nicht allzu dicht gesät waren. Auch der Anwalt Dr. Pfannmöller, mit dem sie seit dem Fall mit den Neonazis[1] gelegentlich zusammenarbeiteten, hatte sich nun schon lange nicht mehr mit einem Ermittlungsauftrag gemeldet. Nicht dass sie sich ernsthafte Sorgen um ihr Auskommen machen mussten, aber es blieb einfach viel zu viel freie Zeit übrig, in der sie sich womöglich noch mit der lästigen Buchführung beschäftigen mussten. Das musste irgendwie verhindert werden.

An diesem Montagmorgen saß Stefan mit Verena und den Zwillingen am Frühstückstisch in der Küche. Die Kleinen, die in ihren Kinderstühlchen erhöht über der Szene thronten, machten einen infernalischen Lärm, und so war es nicht verwunderlich, dass dem Lärm, der sich draußen auf der Straße erhob, zunächst niemand Beachtung schenkte.

---

1   Vgl. Die Taunus-Ermittler Band 2 – Spuren

Doch als nach ein paar Minuten immer noch keine Ruhe einkehren wollte, sagte Verena nachdenklich: »Da draußen ist irgendetwas Ungewöhnliches im Gange. Ich geh mal auf den Balkon und seh nach.«

Kurz darauf hörte Stefan, wie seine Frau jemanden auf der Straße ansprach, konnte aber nichts verstehen, da die Zwillinge ihn völlig in Anspruch nahmen.

»Brr, ist das kalt draußen«, sagte Verena bibbernd, als sie in die warme Küche zurückkehrte, »aber wenigstens schneit es nicht mehr.«

»Kein Wunder, dass dir kalt wird, wenn du mit deiner leichten Bluse rausrennst. Aber erzähl schon, was ist draußen los?«

»Du wirst es nicht glauben, aber draußen auf der Straße stehen Claus und noch ein paar mehr Leute von der Kripo. Auch ein Krankenwagen ist da. Den Hirschs muss, wie mir Frau Krämer eben erzählt hat, etwas zugestoßen sein.«

»Wie bitte?«

»Ja, und dem Aufwand nach, den die da draußen treiben, geht es um mehr als einen Wohnungseinbruch.«

»Wie meinst du das?«

»Erklär mich für verrückt, aber es würde mich nicht wundern, wenn denen einer ans Leder gegangen ist. Claus hat mir zugerufen, dass er in ungefähr einer halben Stunde vorbeikommt, um uns einige Fragen zu stellen.«

»Du scheinst recht zu haben, da dürfte wirklich mehr passiert sein. Komm, lass uns schnell die Küche aufräumen, bis Claus kommt. Am Ende bringt er noch einen Kollegen mit, und in unserer Küche sieht's mal wieder aus wie auf einem Schlachtfeld.«

Wie auf Kommando meldeten sich die Zwillinge zurück, um dieses Vorhaben im Keim zu ersticken. Zuerst jauchzte

Alina auf und bewarf ihre Zwillingsschwester mit Brot-
stückchen, was Anina wiederum nicht auf sich sitzen lassen konnte. Sie warf die dick mit Marmelade bestrichenen
Stücke zurück, verfehlte ihre Schwester aber, und so blieben
die Wurfgeschosse erst an der blütenweißen Wand kleben,
bevor sie langsam zu Boden rutschten.

»Oh nein!«, schrie Verena gequält auf, »nicht gerade
jetzt«, und Stefan ließ sich grinsend auf einen Stuhl fallen.

Und noch bevor einer der beiden das Malheur aufwi-
schen konnte, läutete es schon an der Wohnungstür.

Stefan ging hin, sah durch den Türspion und erkannte
Claus Mergentheimer, der allein draußen stand. Erleichtert
öffnete er die Tür.

»Hallo Claus, was ist denn draußen los?«

»Hallo, lass mich erst mal rein, das ist nicht so leicht zu
erklären.«

Stefan gab den Weg frei und führte den Kommissar ins
Wohnzimmer.

Claus setzte sich auf einen der beiden Sessel, wartete,
bis Verena ihre Kleinen auf die Spieldecke in der Zim-
merecke gebracht hatte, und begann erst, als sie neben
ihrem Mann saß, zu sprechen: »Eure speziellen Freunde,
die Hirschs …«

»Freunde ist gut«, unterbrach ihn Stefan, »ich wünsch
den beiden die Pest an den Hals.«

»Das hat anscheinend noch jemand anders getan. Nur
dass es in diesem Fall nicht beim Wünschen geblieben ist.«

»Du meinst …«, fuhr Stefan erschrocken auf.

»Genau. Gernot und Greta Hirsch sind am vergangenen
Wochenende in ihrer Wohnung ermordet worden.«

»Am Wochenende? Ist das sicher?«

»Ja, ich hab Frau Krämer draußen schon mal kurz vernommen. Sie hat die beiden am Freitagabend noch gesehen.«

»Wie ist das möglich? Die wurden wirklich umgebracht? Wie denn?«

»Sie wurden erschossen.«

»Du liebe Zeit … Komisch, dass wir nichts davon mitbekommen haben«, sagte Stefan nachdenklich, und Verena fragte: »Weiß man denn schon, wann es passiert ist?«

»In etwa. Aber eigentlich stelle ich hier die Fragen«, sagte Claus mit schiefem Grinsen.

»Schon klar«, meinte Stefan. »Berufskrankheit. Wie war das nun mit dem Todeszeitpunkt?«

»Der Gerichtsmediziner meint, es sei am Samstag zwischen zehn und achtzehn Uhr passiert. Genauer weiß er das erst nach der Obduktion. Warum wollt ihr das denn wissen?«

»Weil uns dann schon klar ist, warum wir nichts mitbekommen haben«, antwortete Verena.

»Wir sind um kurz vor elf nach Hattersheim zu meinem Opa aufgebrochen und waren erst nach zweiundzwanzig Uhr wieder da.«

»Ah ja«, sagte Claus gedehnt und musterte die beiden nachdenklich.

»Verdächtigst du uns etwa?«, fragte Verena prompt, und Claus meinte beschwichtigend: »Nein, natürlich nicht. Aber da drüben haben die Wiesbadener Kollegen das Sagen, da ist es immer gut, ein wasserdichtes Alibi zu haben. – Sagt mal, wart ihr die Einzigen, die mit denen im Clinch lagen?«

»Nein, beileibe nicht. Soviel wir gehört haben, sind die nahezu überall angeeckt. Wahrscheinlich hatte halb Kelkheim einen Grund, diese Leute zu hassen.«

»Wieso?«

»Nun ja, mit unseren Nachbarn haben die vor fünfzehn Jahren eine ganz ähnliche Nummer abgezogen wie mit uns vor vier Wochen. Nur dass sie mit den Krämers bis vors Gericht gezogen sind. Außerdem notiert der Typ jeden Falschparker in der Stadt, und seinen Sohn soll er sogar enterbt haben«, berichtete Stefan.

Als Claus das hörte, fuhr er hoch wie von der Tarantel gestochen.

»Wie war das, enterbt?«

»Ja, wir haben da so etwas gehört. Aber ob das wirklich stimmt, kann ich dir nicht sagen. Wir wissen es von unserem Vermieter.«

»Dann muss ich auch ihn befragen. Hast du zufällig den vollen Namen und die gegenwärtige Adresse des Sohnes?«

»Rainer heißt er, aber wo er wohnt, da bin ich überfragt«, sagte Stefan schulterzuckend. »Allerdings müsste dir auch da unser Vermieter weiterhelfen können. Sag ihm aber nicht, dass du die Info von mir hast. Er hält sehr große Stücke auf Rainer Hirsch, und ich möchte nicht als Petze dastehen. Schließlich erwägen wir, diese Wohnung hier zu kaufen.«

»Alles klar, ich halt euch raus. Aber wo wohnt euer Vermieter eigentlich? Hier im Haus?«

»Nein, oben beim Kloster, im Altenwohnheim.«

»Okay, danke für eure Offenheit; das wär's fürs Erste. Wir sehen uns demnächst privat mal wieder«, sagte Claus und stand behände auf.

»Moment mal, Claus, nicht so schnell!«, rief Verena dem Kommissar hinterher, der bereits einige Schritte in Richtung Wohnungstür gegangen war.

»Ja, Verena, was gibt es denn noch?«

»Bist du bei den Ermittlungen raus, wenn die Wiesbadener übernommen haben?«

»Nein, nicht ganz, auch wenn sie mir nur eine Statisten-rolle zugedacht haben. Da wir in Hofheim keine ständige Mordkommission haben und unsere kriminaltechnische Abteilung nicht gut genug ausgerüstet ist, soll ich die Ver-nehmungen führen. Ich bekomme aber einen Mitarbeiter aus Wiesbaden zugeordnet. Der dortige Dezernatsleiter hat gemeint, es wäre günstiger, wenn ich dabei wäre, denn ich als Provinzkommissar wäre näher an den Menschen dran. Was immer er damit auch meint. So, jetzt muss ich aber weiter. Wir werden uns in dieser Angelegenheit ohnehin noch öfter sprechen. Tschüss.«

Kaum war die Tür hinter dem Kommissar ins Schloss gefallen, sagte Stefan: »Ich werde gleich mal Peter anrufen, vielleicht hat er ja Lust mitzumischen.« Ihn hatte bereits wieder das Jagdfieber gepackt.

»Aber ihr habt doch nicht einmal einen Auftrag …?«

»Wir dürfen doch nicht aus der Übung kommen.«

»Deine Argumente waren auch schon mal besser. Aber wenn es darum geht, sich vor der Büroarbeit zu drücken, dann ermittelst du auch ohne Bezahlung.«

»Allerdings. Und das selbstverordnete Nichtstun geht mir bereits auf die Nerven.«

»Dann mach die Buchführung, die hat's mehr als nötig.«

»Bevor ich das tue, spiele ich lieber zwei Wochen mit den Zwillingen Hoppe, hoppe Reiter.«

»Es ist schlimm, dass Peter ähnlich denkt wie du. Ihr wer-det eines Tages tierisch auf die Schnauze fallen, wenn ihr weiter so schlampt. Schade, dass euch Annika im Moment kaum helfen kann. Aber halt, vielleicht weiß ich wenigstens vorübergehend Abhilfe.«

»Wie denn? Machst du es?«

»Nein, da haben unsere Zwillinge was dagegen. Aber

Yvonne Thaler, meine frühere Kollegin aus der Zeit bei Vollberth, ist vor wenigen Wochen Mutter geworden, und ihr Freund hat sie mit dem Kleinen sitzen lassen. Sie geht finanziell auf dem Zahnfleisch und wäre bestimmt froh, stundenweise Ordnung in euren Wust zu bringen.«

»Das wäre toll. Kümmerst du dich drum?«

»Ich werd sie nachher anrufen.«

Etwa zur gleichen Zeit hing bei Stettners der Haussegen reichlich schief. Annika war ausnahmsweise einmal da, hatte etwas Zeit und musste sich nun andauernd Peters Gemaule, wie langweilig ihm sei, anhören.

»Verdammt noch mal, wenn ihr schon keine Aufträge habt, dann kümmere dich wenigstens um eure Buchführung. Ich weiß ja, dass das nicht gerade die angenehmste Arbeit ist, aber wenn ich mit Alfreds Stiftung so verfahren würde, dann wäre dort in zwei Jahren der Ofen aus.«

»Danke, das weiß ich selbst. Aber wir haben uns da, ehrlich gesagt, auf dich verlassen. Du wolltest uns helfen.«

»Das mache ich, sobald das mit der Stiftung so läuft, wie ich mir das vorstelle. Sobald ich nicht mehr ständig nach Darmstadt muss, werde ich euch helfen; das ist versprochen.«

In diesem Augenblick begann in Peters Arbeitszimmer im ersten Stock das Telefon zu läuten, worauf er seine Angetraute einfach stehen ließ. Zwei Stufen auf einmal nehmend, flitzte er die Treppe hinauf und hatte bereits beim siebten Klingelton den Hörer in der Hand.

»Ach, du bist es, Stefan«, sagte er enttäuscht. »Einen Moment lang hatte ich gedacht, wir hätten einen Auftrag.«

Als Stefan ihm berichtet hatte, was geschehen war, fragte er: »Du meinst, wir sollten ein bisschen mitermitteln? Als Übung sozusagen?«

Nun hörte er Stefan eine ganze Weile zu, und als dieser geendet hatte, meinte er: »Das hört sich aber recht eindeutig an. Bist du dir sicher, dass es da für uns überhaupt etwas zu ermitteln gibt? Wer soll es denn sonst gewesen sein? Ein ertappter Falschparker etwa? Oder du? Oder am Ende gar die Krämers? Nein, wenn sich das Ganze nicht gerade als misslungener Einbruchsversuch entpuppt, dann ist der enterbte Sohn der wahrscheinlichste Täter. Wir sollten aber auf jeden Fall mit Claus in Verbindung bleiben; dann erfahren wir vielleicht etwas mehr. Vielleicht hast du aber dennoch recht, dass wir uns auf jeden Fall einmal mit Rainer Hirsch oder seiner Frau in Verbindung setzen sollten.«

Stefan versprach in zwei Stunden bei seinem Freund und Kollegen vorbeizukommen.

Peter Stettner hatte die Aussicht, wieder ermitteln zu können, in derart gute Laune versetzt, dass er so leise wie möglich die erbärmlich knarrende Treppe hinunterschlich, sich ins Auto setzte und zum Blumenladen fuhr. Hier kaufte er einen teuren Blumenstrauß und stellte ihn zu Hause in eine Vase auf den Esstisch. Dann setzte er sich hin und wartete auf seine Frau, die jeden Augenblick hereinkommen musste, um den Tisch zu decken. Sicher war sie immer noch reichlich sauer, weil er sie mitten im Treppenhaus einfach hatte stehen lassen.

So war es auch. Als sie Peter erblickte, wollte sie ihm eine Standpauke halten, blieb dann aber mit offenem Mund stehen, so überrascht war sie, als sie die fünfundzwanzig roten Rosen auf dem Esstisch entdeckte.

»Tut mir leid, dass ich schon den ganzen Morgen so unausstehlich war«, sagte Peter zerknirscht, »aber damit ist jetzt wieder Schluss.«

»Wieso? Habt ihr einen Auftrag?«

»Keinen offiziellen. Aber einer von Stefans Nachbarn ist ermordet worden. Er meint, wir sollten uns einklinken.«

Annika sah ihn mit schreckgeweiteten Augen an, fand aber recht schnell wieder die Fassung. »Tut, was ihr nicht lassen könnt, ihr seid schlimmer als kleine Kinder!«, zischte sie und lud Peter einen Riesenberg Kartoffelbrei auf den Teller.

In der Zwischenzeit hatte Claus Mergentheimer seine erste Befragung der anwesenden Hausbewohner abgeschlossen und beriet sich mit dem Leiter der Mordkommission, Hauptkommissar Johannes Schaaf, von der Wiesbadener Kripo: »Herr Schaaf, was meinen Sie, sollen wir gleich zu Rainer Hirsch fahren?«

»Wissen Sie denn bereits, wo er wohnt?«

»Ja, ich habe es bei den Befragungen erfahren. Er wohnt zusammen mit seiner Frau in Hornau in der Rosegger-straße. Sie haben dort vor etwa drei Jahren ein Haus gekauft.«

»Wissen Sie, wo das ist?«

»Klar, ich bin ja praktisch hier zu Hause.«

»Gut. Nehmen Sie Kriminalhauptmeister Aigner, der gerade aus Wiesbaden zum Team gestoßen ist, mit, und setzen ihn unterwegs über das Ergebnis Ihrer Befragungen ins Bild. Wenn Rainer Hirsch tatsächlich enterbt wurde, dann ist er unser Hauptverdächtiger.«

»Okay, so machen wir es. Herr Aigner, kommen Sie?«

Der angesprochene Kriminalbeamte, ein ehrgeiziger Endzwanziger, dem sein Aufstieg bei der Kripo entschieden zu langsam vonstattenging, kam Claus' Aufforderung nur zögernd nach und folgte ihm langsam ins Treppenhaus. Als er an seinem Chef vorbeikam, warf er diesem einen ärgerlichen Blick zu, der klarmachte, dass er diese Befragung gern allein durchgeführt hätte.

Aber sein Chef reagierte nicht darauf, und so folgte er dem Provinzbeamten, wie er den Leitenden Kommissar der Hofheimer Kripo insgeheim nannte, notgedrungen zum Wagen.

Während Claus losfuhr, erklärte er seinem Mitfahrer, dass Rainer Hirsch in den letzten Monaten nur wenig Kontakt zu seinen Eltern gehabt hatte, und klärte ihn über die Gründe hierfür auf. Sein erster Eindruck von Kriminalhauptmeister Aigner war nicht der allerbeste gewesen, deshalb war es ihm schon fast unangenehm, den Kollegen darüber aufklären zu müssen, dass Rainer Hirsch ausgerechnet am Samstag von Nachbarn vor der Haustür gesehen worden war.

»Na prima, dann ist doch alles klar, verhaften wir den Mistkerl«, sagte Aigner dann auch prompt, und Claus war sich schlagartig darüber klar, dass er diesen Heißsporn, der ungerührt voreilige Schlüsse zog, nicht mochte.

»Na ja, warten wir erst einmal ab, was Herr Hirsch dazu zu sagen hat«, beschwichtigte ihn Claus und wollte auf der nach links abknickenden Vorfahrtsstraße von der Pestalozzistraße in den Gagernring einbiegen.

Plötzlich kam von rechts ein Auto aus der Seitenstraße geschossen und zwang ihn, voll in die Bremsen zu steigen. Volker Aigner, der darauf in keiner Weise vorbereitet und zudem nicht angeschnallt war, konnte sich gerade noch an der Ablage über dem Handschuhfach abstützen, um nicht mit dem Kopf gegen die Windschutzscheibe zu knallen.

»Mein Gott, können Sie nicht aufpassen? Der kam doch von rechts!«, keifte er, und Claus, dem dieser Kerl, der immer erst lospolterte und dann nachdachte, bereits jetzt auf die Nerven ging, konterte: »Lernen Sie erst mal die Verkehrsregeln, bevor Sie sich beschweren. Wir waren schließlich auf der Vorfahrtsstraße.«

Der junge Kriminalbeamte verzog das Gesicht zu einer vielsagenden Grimasse, und Claus dachte: Na, das kann ja heiter werden.

Dann hakte er den kleinen Zwischenfall ab, beschäftigte sich in Gedanken wieder mit dem Fall Hirsch und fühlte sich nicht sehr wohl in seiner Haut. Während die Wiesbadener Kollegen sich in seinen Augen recht einseitig mit Rainer Hirsch als möglichem Täter befassten, stand für ihn keineswegs fest, dass er es wirklich war.

Während Claus vom Gagernring in die Lessingstraße abbog, fragte Kriminalmeister Aigner ungeduldig: »Die Anfahrt dauert aber sehr lange. Sind Sie sicher, dass Sie sich hier auskennen?«

»Natürlich«, sagte der Kommissar nur und gab Gas, da die Straße nun deutlich anzusteigen begann. Der Bursche ging ihm wirklich gewaltig auf den Zeiger.

Unterdessen starrte ihn sein Sitznachbar ungläubig an, da bereits erkennbar wurde, dass sie sich dem Ortsrand näherten.

Aber Claus Mergentheimer sagte nur: »Ich spiel hier oben auf der Sportanlage am Waldrand manchmal Tennis«, setzte den Blinker und bog in die Roseggerstraße ein.

Kurz darauf hielt er vor einem stattlichen Einfamilienhaus an, das zu den ersten zählte, die hier am Stadtrand gebaut worden waren. Es hätte allerdings mal wieder einen neuen Anstrich vertragen können.

Als sie durch den etwas vernachlässigt wirkenden Vorgarten auf die Haustür zugingen, hörte Claus seinen Begleiter murmeln: »Ach, der Typ hat Geld gebraucht, und die Alten haben es ihm verweigert. Ist wohl das klassische Motiv«, und dachte: Urteile lieber nicht so vorschnell. Wenn jeder, der sein Haus anstreichen oder den Garten neu anlegen müsste und dafür kein Geld hat, seine Eltern ermorden würde, gäbe es bald keine alten Leute mehr im Land.

In der Zwischenzeit hatte Volker Aigner geläutet, und ein deutlich vernehmbarer Gong tönte durch das Haus. Gut dreißig Sekunden später schwang die Haustür weit auf, und ein sichtlich unausgeschlafener Mann in Bademantel und Hauslatschen starrte sie missmutig an.

Noch bevor die Polizisten sich vorstellen konnten, gähnte er laut und sagte: »Ich will weder Mitglied der Zeugen Jehovas werden noch einen Staubsauger kaufen. Ich will einfach nur meine Ruhe. Ich muss in wenigen Stunden auf der Arbeit sein und bin noch nicht einmal ansatzweise ausgeschlafen. Guten Tag.«

Noch während er das sagte, wollte er die Haustür wieder schließen, aber Claus hatte seinen Fuß etwas nach vorn geschoben, sodass die Tür daran hängen blieb, und sagte schnell: »Einen Moment bitte, Herr Hirsch. Wir sind von der Kriminalpolizei. Wenn wir bitte einen Moment hereinkommen dürften?«

»Was wollen Sie denn?«

»Lassen Sie uns reingehen, das ist nichts für die Straße.«

»Ja … ja, okay«, sagte Rainer Hirsch zögerlich, nachdem die Beamten sich ausgewiesen hatten, und gab den Weg frei.

Hirsch, der noch immer einen müden Eindruck machte, ging voraus ins Wohnzimmer und bot den Männern Platz an. Dann setzte er sich ihnen gegenüber und fragte: »Was gibt es denn so Wichtiges, meine Herren?«

Hatte er wirklich keine Ahnung, oder war das verdammt

gut gespielt?, fragte sich Claus und sagte: »Wir haben Ihnen eine traurige Mitteilung zu machen.«

»Ja, Ihre Eltern sind Opfer eines Mordanschlags geworden«, ergänzte Aigner knallhart.

Für einen kurzen Moment sah Claus es in den Augen des Mannes aufblitzen, bevor er stockend fragte: »Sind … sind sie tot?«

»Ja, mausetot«, sagte Claus' Begleiter, dem Rainer Hirschs Reaktion ebenfalls nicht entgangen war, ungerührt. »Wann waren Sie das letzte Mal bei ihnen?«

»Das ist schon gut eine Woche her«, schwindelte Hirsch so spontan, dass selbst Claus, der sich für unvoreingenommen hielt, nicht wusste, was er davon zu halten hatte.

»Ja, wir wissen, dass Ihr Verhältnis zu Ihren Eltern nicht das beste war«, setzte Aigner die Vernehmung fort, und als Rainer Hirsch sichtlich aufatmete, setzte er messerscharf hinzu: »Aber wir wissen auch, dass Sie uns eben angelogen haben.«

»Nein, ich sage die Wahrheit!«, schrie Hirsch fast.

Das kam nun wirklich kläglich herüber. Die Fassade, die Rainer Hirsch so kunstvoll aufgebaut hatte, sackte in Sekundenbruchteilen in sich zusammen. Zitternd, ängstlich und mit Schweißausbrüchen kämpfend saß der Sohn der Mordopfer vor ihnen. In diesem Moment zog auch Claus in Erwägung, dass sie den Täter bereits gefunden haben könnten – aber da war noch etwas anderes. Was es war, hätte Claus beim besten Willen nicht sagen können, aber er wusste, dass er sich in aller Regel auf sein Bauchgefühl verlassen konnte. Dieser Mann hatte sich zwar mehr als unklug benommen, aber war er deshalb auch ein Mörder?

»Nachbarn Ihrer Eltern haben Sie am Samstagnachmittag um vier Uhr gesehen«, setzte der junge Kriminalbeamte unterdessen sein Bombardement auf Hirschs Fassade fort.

»Das stimmt schon«, gab dieser dann auch zögernd zu, »ich war da. Aber meine Eltern waren nicht zu Hause, und so bin ich wieder gegangen.«

»Auch das stimmt nicht!«, blaffte Aigner nun sein Gegenüber an, das förmlich in sich zusammensank und die beiden Beamten ängstlich ansah. »Die Nachbarn haben uns nämlich auch berichtet, dass Sie längere Zeit in der elterlichen Wohnung verbracht haben. Was haben Sie dort getan? Etwa Ihre Eltern ermordet?«

»Nein, nein, ganz bestimmt nicht!«, schrie Rainer Hirsch entsetzt auf, und Claus glaubte ihm zumindest das. »Ich habe, das stimmt, vielleicht eine Viertelstunde auf die Rückkehr meiner Eltern gewartet. Aber als sie nicht kamen, bin ich wirklich wieder gegangen.«

»Wer's glaubt, wird selig«, meinte Kriminalhauptmeister Aigner grinsend. »Ich denke, das reicht, um Sie festzunehmen. Kommen Sie bitte mit uns; Widerstand zu leisten wäre zwecklos.«

»Nein, für eine Festnahme reicht die Beweislage nicht aus«, unterbrach Claus den jungen Heißsporn schnell und fügte hinzu: »Aber halten Sie sich bitte zu unserer Verfügung und verlassen Sie Kelkheim nicht. Sonst sitzen Sie schneller ein als …«

»Aber ich muss doch zur Arbeit …«

Claus runzelte die Stirn. Dass seine Eltern ihm nicht sehr nahegestanden hatten, wusste er. Aber dass das Verhältnis zwischen ihnen völlig zerrüttet war, sodass er nicht einmal daran dachte, sich an einem solchen Tag freizunehmen, war dem Beamten neu.

»Okay, nennen Sie mir bitte Ihren genauen Arbeitsort,

begeben Sie sich direkt dorthin und kommen nach Feierabend bitte unverzüglich hierher zurück. Es ist in Ihrem eigenen Interesse, um Missverständnisse zu vermeiden. Also, wo arbeiten Sie genau?«

»Industriepark Höchst, in der Pharmaproduktion. Das große blaue Gebäude, direkt am Tor Ost. Es heißt PH 033.«

»Alles klar, das dürfte vorerst reichen. Wenn wir noch Fragen haben, melden wir uns bei Ihnen.«

»Danke«, sagte Rainer an Claus Mergentheimer gerichtet, und Volker Aigner sah den Hofheimer Kollegen mürrisch an, da dieser seine Entscheidung, Rainer Hirsch festzunehmen, als ranghöherer Beamter einfach untergraben hatte.

Dann erhoben sich die beiden Beamten, doch im Hinausgehen drehte sich Claus noch einmal um und fragte: »Warum hatten Sie eigentlich Streit mit Ihren Eltern?«

»Weil sie partout nicht akzeptieren wollten, dass ich eine einfache Verkäuferin geheiratet habe. Und weil ich ihre ständigen anmaßenden Ratschläge nicht sehr ernst genommen habe. Dafür wollten sie mich sogar enterben.«

»Danke, Herr Hirsch«, sagte Claus, und Volker Aigner zog die Tür mürrisch hinter sich ins Schloss.

Auf dem Weg zum Auto fragte er scharf: »Warum zum Donnerwetter haben Sie mich den Mann nicht festnehmen lassen? Er ist doch eindeutig schuldig.«

»So klar ist das in meinen Augen nicht. Vor allem aber reichen die Beweise wahrscheinlich nicht aus, um ihn in Untersuchungshaft schicken zu können. Stellen Sie sich vor, wir nehmen ihn fest, bringen ihn nach Wiesbaden zum Haftrichter, und der lässt ihn wieder laufen.«

»Wäre das so schlimm?«

»Allerdings. Wenn er unschuldig ist, was ich durchaus nicht für unmöglich halte, wäre das noch ziemlich egal.

Dass er zur Presse laufen und laut ›Polizeiwillkür‹ rufen könnte, berücksichtigen wir einfach mal nicht. Aber wenn er schuldig wäre, könnten wir uns unter Umständen ein kapitales Eigentor schießen.«

»Wieso?«

»Na, denken Sie doch mal nach. Wie schnell wäre er beim Haftrichter?«

»In gut einer Stunde.«

»Wenn der ihn wieder freilässt, wie schnell könnte er wieder hier sein und eventuelle Beweismittel verschwinden lassen?«

»In zwei Stunden.«

»Und wie schnell könnten wir mit den Kriminaltechnikern hier sein und das Haus auf den Kopf stellen?«

»In einer … Nein, Scheiße, die waren ja schon am Einpacken, als wir losgefahren sind. Inzwischen sind die bestimmt in Wiesbaden, und in Kürze ist Schichtwechsel. Bis der Durchsuchungsbeschluss erlassen und das neue Team hier ist, vergehen bestimmt drei Stunden.«

»Sehen Sie jetzt, was ich meine? Wenn er wirklich schuldig sein sollte, ist es besser, wenn wir ihn in Sicherheit wiegen. Er ist erst einmal beschäftigt, und wir können sein Haus in aller Ruhe durchsuchen.«

»Schön und gut, aber was ist, wenn er jetzt flieht und gar nicht erst zur Arbeit geht?«

»Für den Fall habe ich schon vorgebaut. Sehen Sie den grauen Opel dahinten? Darin sitzt Franz Leitner vom Hofheimer Revier. Ich habe ihn vorhin vorsorglich hier postiert. Er wird Hirsch unauffällig zum Industriepark begleiten.«

Dagegen fielen Volker Aigner keine Einwände mehr ein, und schweigend fuhren sie in die Krakauer Straße zurück.

In der Wohnung der Mordopfer angekommen, berichtete

Aigner seinem Vorgesetzten von ihrem Besuch bei Rainer Hirsch. Dabei versäumte er es nicht, Claus' Taktik als die seine zu verkaufen.

Kaum war er fertig, sagte sein Chef: »Sehen Sie, Herr Mergentheimer, mein junger Kollege ist doch richtig fit; von dem können selbst Sie noch was lernen.«

Claus überlegte eine Sekunde, alles ins rechte Licht zu rücken, sagte dann aber gar nichts. Er wollte schon den Raum verlassen, als Schaaf ergänzte: »Herr Mergentheimer, während Sie und Aigner spazieren gefahren sind, waren wir hier nicht ganz untätig. Sehen Sie, wir haben den aufgebrochenen Schreibtisch des Mordopfers gefunden.«

Claus, den Hauptkommissar Schaafs überhebliche Art zum Widerspruch reizte, dachte: So klein, dass man ihn suchen muss, ist er ja nun wirklich nicht, konnte sich aber um des lieben Friedens willen gerade noch beherrschen, es auszusprechen.

Stattdessen fragte er nur: »So?«

»Ja, und darin haben wir etwas sehr Interessantes gefunden.«

»Und zwar?«

»Ein Testament, genauer gesagt, den Teil eines Entwurfs. Er befand sich in einem beschrifteten Briefumschlag, der an einen Notar in der Frankfurter Straße gerichtet ist. Die Adresse ist allerdings falsch geschrieben, eben deshalb glaube ich, dass es sich nur um einen Entwurf handelt und das Original bereits beim Notar liegt. Volker wird sich morgen früh gleich darum kümmern.«

»Das ist wirklich interessant«, sagte Claus und nahm das Schriftstück entgegen. Ja, das war eindeutig die letzte Seite eines Testaments, auf der allerdings außer der Unterschrift des Verfassers sowie eines Zeugen nur wenig Interessantes zu lesen stand.

»Na, was meinen Sie denn dazu?«, fragte Claus seinen Kollegen, der offensichtlich darauf brannte, seine Theorie loszuwerden.

»Ich denke, dass Rainer Hirsch am Samstagnachmittag zu seinen Eltern kam, um mit ihnen über ihre Absicht, ihn zu enterben, zu reden. Ich glaube nicht, dass der Mann von vornherein vorhatte, sie zu töten. Die alten Leute, die nach dem, was Sie von den Nachbarn erfahren haben, ziemlich schrullig gewesen sein müssen, haben ihm aber ziemlich deutlich zu verstehen gegeben, dass bei ihnen für ihn nichts mehr zu holen ist, und wollten ihn rauswerfen. Zu diesem Zweck hatte der alte Mann seine illegal erworbene Pistole aus der Schatulle im Schreibtisch genommen und damit herumgefuchtelt. Der junge Mann ist daraufhin entweder in Panik geraten oder so wütend geworden, dass er versucht hat, seinem Vater die Pistole zu entreißen. Dabei muss sich ein Schuss gelöst haben, der den Alten tödlich ins Herz traf. Rainer Hirschs Mutter, die in diesem Moment vermutlich herbeigeeilt kam und bestimmt das ganze Haus zusammengeschrien hätte, musste deshalb ebenfalls dran glauben. Danach hat Rainer Hirsch die Gelegenheit genutzt, nach dem Testament zu suchen. Er fand es in der oberen Schublade des Schreibtischs, übersah in der Hektik aber, dass er nur einen Teil davon erwischte, und verschwand.«

Schöne Theorie, dachte Claus, nur hatte sie gleich mehrere Haken.

Auch er hatte bereits vor seinem geistigen Auge ein Szenario entwickelt, behielt das aber erst einmal für sich und sagte nur: »Das klingt halbwegs plausibel, hat aber einen Haken.«

»Und der wäre?«

»Wie Sie an der Ausformung der Schatulle erkennen

können, verfügt die Pistole über keinen Schalldämpfer. Bei meiner Befragung hier im Haus habe ich jedoch keinen Hinweis darauf bekommen, dass irgendjemand auch nur einen Knall gehört hätte.«

»Donnerwetter«, sagte der Leiter der Mordkommission, »ich sehe, Sie haben Ihr Handwerk von der Pike auf gelernt.«

Claus nahm das leicht gönnerhaft klingende Lob ungerührt zur Kenntnis und ließ seinen Blick nachdenklich durch den Raum schweifen. Auf einmal hielt er inne und sagte: »Sehen Sie mal dort. Auf dem sonst akkurat herausgeputzten Sofa fehlt das linke Sofakissen. Vielleicht hat der Täter das als Schalldämpfer benutzt.«

»Noch mal Donnerwetter«, sagte der Leiter der Mordkommission nun ehrlich verblüfft. »Das hieße aber, dass die Tat doch mit Vorsatz geschah.«

»Vor allem spräche es eher gegen Rainer Hirsch als Täter.«

»Wieso das denn?«

»Weil es mir wenig plausibel erscheint, dass der Täter einerseits so besonnen vorgeht, Pistole und Kissen verschwinden zu lassen, aber gleichzeitig so kopflos gewesen sein soll, nur das halbe Testament mitzunehmen.«

»Da ist was dran«, murmelte Johannes Schaaf und meinte dann: »Sie scheinen ja tatsächlich Zweifel an der Schuld des jungen Hirsch zu haben. Was bringt Sie denn dazu?«

»Das Ganze scheint mir irgendwie zu einfach. Es ist nur ein Gefühl, aber …«

»Was meinen Sie denn, wie es war?«

»Rainer Hirsch kommt genau aus dem Grund, den Sie angeführt haben, hierher und findet seine Eltern bereits ermordet vor. Er nutzt die Gelegenheit, nach dem Testament zu suchen, gerät dabei aber immer mehr in Panik. In seiner Nervosität nimmt er, ganz wie Sie es vermuten, nur die Hälfte des Schreibens mit. Die Pistole und das Sofakissen hat der wahre Täter entsorgt.«

»Hmmm …«, machte Schaaf. »Nun, wir werden sehen, wer recht hat. Auf jeden Fall habe ich bereits vorsorgehalber einen Durchsuchungsbeschluss für Rainer Hirschs Haus beantragt. Er sollte in der nächsten halben Stunde in Ihrem Revier sein und wird dann von einem Boten direkt hierher gebracht. Bis dahin müssten auch die Kollegen von der KTU hier sein. Können Sie uns dann den Weg zeigen?«

»Klar mach ich das. Aber sagen Sie, gab es denn sonst noch etwas von Interesse im Schreibtisch?«

»Sie glauben ja wirklich nicht an die Schuld des Sohnes! Lassen Sie es sich aufgrund meiner Erfahrung gesagt sein, höchstwahrscheinlich war er es. Sie werden es sehen.«

»Haben Sie den Tisch noch weiter untersucht?«, hakte Claus ungerührt nach.

Johannes Schaaf grinste. »Sie geben ja wirklich keine Ruhe. Ich habe tatsächlich noch etwas Interessantes im Schreibtisch gefunden. Es dient aber mehr der Belustigung als der Aufklärung. Es ist eine Registratur, mit wem diese Leute so alles im Clinch gelegen haben.«

»Und das finden Sie unwichtig?«

»In diesem Falle schon. Die jüngste Eintragung ist gut und gern neun Monate alt.«

Claus Mergentheimer, der erst kurz nach Luft geschnappt hatte, entspannte sich augenblicklich wieder und sagte zu Hauptkommissar Schaaf: »Aber vielleicht gibt es woanders noch neuere Aufzeichnungen. Haben Sie danach suchen lassen?«

»Ja, meine Leute haben danach gesucht – Fehlanzeige.

Vielleicht ist diesen Herrschaften der Spaß am Denunzieren vergangen. Glauben Sie's, Hirsch ist der Täter. Wer sollte es denn sonst sein?«

»Na, einer der Denunzierten zum Beispiel.«

»Darauf gibt es keinerlei Hinweis, Rainer Hirsch dagegen hatte Motiv und Gelegenheit, er war zur möglichen Tatzeit am Tatort, und er hat uns angelogen. Was wollen Sie denn noch?«

Bevor Claus antworten konnte, läutete es an der Wohnungstür: Es war der Durchsuchungsbeschluss, auf den sie gewartet hatten. Kurz darauf trafen auch die Beamten von der Kriminaltechnik ein.

Etwa zwanzig Minuten später war der kleine Konvoi vor Hirschs Haus angekommen. Schaaf trat an Claus' Wagen, öffnete die Fahrertür und sagte in gönnerhaftem Ton: »Herr Mergentheimer, Sie können ruhig bei der Durchsuchung dabei sein. Wir haben bis jetzt so gut zusammengearbeitet, es wäre schön, wenn das auch so bleibt.«

Claus Mergentheimer war klar, dass er früher oder später aus der Ermittlung ausgegrenzt würde, aber da er an deren Fortgang reges Interesse hatte, sagte er: »Ja, danke«, und fügte sich vorerst in seine Rolle als Statist, die ihm die Wiesbadener Mordkommission zugedacht hatte.

3.

Während die Abenddämmerung hereinbrach und die Kriminalbeamten zur Durchsuchung von Rainer Hirschs Haus unterwegs waren, saßen Peter und Stefan in Stefans Wohnzimmer und sprachen über »ihren Fall«. Obwohl sie nach wie vor keinerlei Ermittlungsauftrag hatten, hängten sie sich mit so viel Elan in die Angelegenheit, dass Annika und Verena bald genug von ihrem Gequatsche hatten und sich in die Küche verzogen.

»Wenn sie wenigstens einen Auftrag hätten«, seufzte Verena.

»Ja, dann käme mal wieder etwas Geld in die Kasse«, pflichtete ihr Annika bei. »Aber wenigstens sind sie jetzt beschäftigt und trampeln nicht andauernd auf unseren Nerven herum.«

»Auch wieder wahr«, stimmte Verena schmunzelnd zu. Dann berichtete sie ihrer Freundin, dass der Wohnungskauf wieder etwas nähergerückt war. »Stell dir vor, heute Mittag hat Opa Andreas angerufen und uns einen zinslosen Kredit in Höhe von zwanzigtausend Euro in Aussicht gestellt. Und nicht nur das, auch meine Eltern möchten sich beteiligen. In welcher Höhe, steht allerdings noch nicht fest.«

»Na, dann könnt ihr doch bald kaufen, oder?«

»Tja … wenn nur endlich mal wieder ein oder zwei lukrative Aufträge hereinkämen. Die beiden sollten sich lieber um vernünftige Werbung für ihre Detektei kümmern, anstatt irgendwelchen nicht vorhandenen Aufträgen hinterherzulaufen.«

»Ach, lassen wir die zwei … Lass uns lieber noch einmal nach deinen süßen Zwillingen sehen. An denen kann ich mich im Moment kaum sattsehen.«

Stefan und Peter prosteten sich gerade zu, als das Telefon läutete. Stefan hob ab und hatte sich kaum gemeldet, da tönte ihnen auch schon Claus' Stimme durch den Lautsprecher entgegen: »Hallo Stefan, ist Peter bei dir?«

»Ja …«

»Das ist gut, denn ich habe einige Neuigkeiten für euch. Wie ihr vielleicht schon bemerkt habt, ist im Nebenhaus wieder Ruhe eingekehrt.«

»Ja. Sind denn die Untersuchungen schon abgeschlossen?«

»Vorerst schon. Aber wir sind gerade in Hornau, bei Rainer Hirsch, angekommen. Es ist eine Durchsuchung angeordnet worden. Alles in allem sieht es nicht gerade gut für den Kerl aus, auch wenn ich im Gegensatz zu den Wiesbadener Kollegen ganz und gar nicht von seiner Schuld überzeugt bin. Ich fürchte allerdings, dass Hirsch sich durch seine Dummheit noch ganz schön in die Tinte setzen wird. Na ja, schauen wir mal, was die Durchsuchung so alles zutage fördert …?«

»Wie meinst du …«

Die Stimme am anderen Ende der Leitung stockte und sprach dann leiser.

»Ah, jetzt ist schlecht, der Wiesbadener Kollege kommt gerade zu meinem Wagen. Ich schau nachher noch mal kurz bei euch vorbei. Sag Peter, er soll dableiben, auch wenn's etwas später wird.«

Als Stefan aufgelegt hatte, sagte Peter enttäuscht: »Na, das klingt ja, als ob der Fall schon kurz vor dem Abschluss stünde.«

»Nein, das glaube ich nicht. Claus hat daran, genau wie ich, so einige Zweifel.«

Als Claus Mergentheimer aus seinem Dienstwagen stieg, standen die anderen Kriminalisten schon vor Hirschs Haustür. Auf ihn, den Provinzpolizisten, zu warten, hielten sie nicht für nötig. Johannes Schaaf drückte den Klingelknopf, und der wohlklingende Gong, den Claus schon vom Nachmittag kannte, ertönte. Nur wenige Sekunden später öffnete sich die Haustür.

Eine junge, attraktive Frau trat heraus und sah die sieben Herren, die offensichtlich zu ihr wollten, verwundert an. »Guten Abend, was wünschen Sie?«

»Guten Abend, ich bin Kriminalhauptkommissar Johannes Schaaf, und das ist mein Kollege Volker Aigner. Wir sind von der Mordkommission. Dieser Herr dort drüben ist Claus Mergentheimer von der Hofheimer Kripo.«

Eitler Fatzke, dachte Claus grimmig. Unterschlägt er doch glatt, dass ich genau wie er Hauptkommissar bin, um selbst als Überboss dazustehen. Na ja, was soll's.

»Die übrigen vier Herren sind Mitarbeiter der Kriminaltechnischen Abteilung im Präsidium Wiesbaden«, fuhr Schaaf fort. »Wir haben einen Durchsuchungsbeschluss für dieses Haus. Dürfen wir hereinkommen?«

»Es nützt wohl nichts, wenn ich nein sage?«

»Wohl kaum. Aber Sie dürfen mir noch verraten, wer Sie sind.«

»Ich bin Sarah Hirsch, die Ehefrau von Rainer.«

»Sie waren heute Nachmittag nicht dabei, als Ihr Mann befragt wurde?«

»Nein, aber er hat mich natürlich darüber informiert, wessen Sie ihn beschuldigen.«

»Moment mal, so weit sind wir noch nicht«, erklärte Johannes Schaaf.

»Aber Ihr Kollege Aigner wollte ihn doch bereits heute Nachmittag verhaften!«

Schaaf sah seinen Kollegen lange und durchdringend an. Schließlich hatte sich das im Bericht des jungen Beamten am Nachmittag noch völlig anders angehört.

Dann sagte er bedächtig: »Das war wohl etwas voreilig, wenngleich sich die Ihren Mann belastenden Hinweise inzwischen stark verdichten. Dürfen wir jetzt eintreten?«

»Wenn es sein muss«, sagte Sarah Hirsch unwirsch und trat zur Seite. »Aber seien Sie bitte gnädig und bringen mir nicht das ganze Haus durcheinander.«

Ohne auf diese Ermahnung der Frau einzugehen, traten alle sieben Beamten in den weitläufigen Flur, von wo aus sich die Kriminaltechniker im ganzen Haus verteilten. Auch Schaaf und Aigner beteiligten sich an der Suche, während Claus Mergentheimer der Frau ins Wohnzimmer folgte. Als er sich ihr gegenübersetzte, bemerkte er ihren leicht gewölbten Bauch und schätzte, dass sie im dritten oder vierten Monat schwanger war. Nachdem er Sarah Hirsch eine Zeitlang schweigend angesehen hatte und auch sie keine Anstalten machte, etwas zu sagen, fragte er: »Warum kamen Rainers Eltern gerade jetzt auf die Idee, ihn zu enterben?«

»Wie Sie sicher schon festgestellt haben, waren die Eltern meines Mannes nicht gerade pflegeleicht. Obwohl sie beide nicht einmal fünfundsechzig sind, verfügten sie über einen beträchtlichen Starrsinn. Und Rainers Mutter war dabei noch um einiges schlimmer als ihr Mann.«

»Sie sind aber nicht gut auf Ihre Schwiegereltern …«

»Pah, Schwiegereltern!«

»Würden Sie die beiden denn nicht so bezeichnen?«

»Würden Sie Menschen so nennen, die Ihnen verbieten, ihre Wohnung zu betreten?«

»Vermutlich nicht …«

»Sagen Sie das mal meinem Mann! Wir haben uns darüber im letzten Jahr nicht nur einmal gestritten.«

»Aber, noch einmal: Warum kam es zu der Enterbung erst jetzt? Sie sind doch schon seit gut und gern fünf Jahren zusammen, und wenn ich richtig gerechnet habe, seit fast zwei Jahren verheiratet.«

»Weil sie erfahren haben, dass ich schwanger bin.«

»Das müssen Sie mir genauer erklären …«

»Die Denkweise der beiden ist nicht so einfach zu verstehen. Bislang waren sie der Meinung, dass es reicht, ihren Sohn permanent zu bearbeiten, um so einen Keil zwischen uns zu treiben. Aber jetzt, da das Kind unterwegs ist, meinen sie wohl schwerere Geschütze auffahren zu müssen. Denn dass Rainer sich so ohne Weiteres von seiner schwangeren Frau oder seinem Kind trennen lässt, das glaubten nicht einmal sie. Das Schlimme ist, dass sie es tatsächlich fast geschafft hätten, uns auseinanderzubringen.«

»Und zwar wie …?«

»Rainer und ich hatten einen schweren Streit, eigentlich schon eine Krise. Ich bin nach wie vor der Meinung, dass er nicht genügend hinter mir steht.«

»Sie sagten ›hatten‹ – ist das inzwischen beigelegt?«

»Noch nicht völlig.«

»Vielleicht sollten Sie Ihre Streitigkeiten erst einmal hintanstellen, denn meine Wiesbadener Kollegen …«

Claus konnte den Satz nicht zu Ende führen, denn vom Gang her wurden Stimmen laut. Aber Sarah Hirsch hatte ihn auch so verstanden.

Ein Kriminaltechniker kam aus der Garage ins Haus gestürmt und hielt Schaaf etwas entgegen. Claus spähte in den Flur und erkannte ein Schriftstück sowie einen Pullover. Kurz darauf betrat der Hauptkommissar das Zimmer.

»So, jetzt wird's ernst für Ihren Mann«, sagte er. »Wir haben draußen in der Garage, in einer Tonne, einen blutverschmierten Pullover gefunden … sowie die fehlende Seite des Testamentsentwurfs Ihrer Schwiegereltern. Das sind erstklassige Beweismittel für die Schuld Ihres Mannes.«

»Aha«, sagte Claus nur, und Sarah fragte: »Testamentsentwurf?«

»Ja, Gernot Hirsch hatte die endgültige Fassung wahrscheinlich bereits dem Notar übergeben, aber das konnte Ihr Mann nicht wissen, als er seine Eltern tötete. Wo hält er sich derzeit auf?«

»An seinem Arbeitsplatz, im Industriepark Höchst.«

»Okay, Volker«, sagte Schaaf an seinen Untergebenen gewandt, »ruf die Bereitschaft im Präsidium an, die sollen zwei Mann zum Industriepark schicken. Du triffst dich mit ihnen am Tor Ost, ihr geht rein und nehmt ihn fest. Ich bleibe derweil hier und passe auf, dass Frau Hirsch ihren Mann nicht warnt. Sie, Herr Mergentheimer, sind damit raus aus dem Fall. Das bisschen, was noch zu machen ist, erledigen wir von Wiesbaden aus.«

»Aber mein Mann war es doch nicht!«, fuhr Sarah Hirsch empört auf. Johannes Schaaf schien das nicht zu berühren. Statt ihr zu antworten, sagte er nochmals zu Claus, der noch zögerte, das Haus zu verlassen: »Für Sie, Herr Mergentheimer, war's das. Auf Wiedersehen.«

Claus erkannte, dass er hier nichts mehr ausrichten konnte. Er warf noch einen letzten, nicht sehr freundlichen Blick auf die Wiesbadener Kollegen und erhob sich. Sarah Hirsch folgte ihm, und als sie die Haustür erreichten, sagte sie nochmals eindringlich: »Ich sage Ihnen, mein Mann ist unschuldig.«

»Sagen Sie das nicht mir, sondern dem ermittelnden Kommissar. Ich werde, wie Sie selbst gehört haben, hier nicht mehr gebraucht. Ich persönlich glaube Ihnen, denn wenn Ihr Mann der Täter wäre, dann hätte er sich bestimmt nicht derart tölpelhaft angestellt.«

»Dann werde ich uns wohl am besten einen guten Strafverteidiger suchen …«

»Ja, tun Sie das, den kann er brauchen.«

»Können Sie mir einen empfehlen?«

»Können schon, aber ich darf es nicht.«

»Wo bekomme ich denn jetzt einen guten Anwalt her?«, jammerte die Frau los, und Claus, der Mitleid mit ihr hatte, dachte an die Wiesbadener Kollegen, grinste kurz und sagte dann nachdenklich: »Ach ja, ich bin ja privat hier, da man mich soeben aus dem Fall entlassen hat. Deshalb verrate ich Ihnen auch ganz privat und ohne eine Empfehlung auszusprechen, dass Dr. Pfannmöller, ein Strafverteidiger aus Schmitten, mit einer erstklassigen Kelkheimer Detektivagentur zusammenarbeitet.«

»Das ist aber interessant«, sagte Sarah Hirsch und verabschiedete sich von Kommissar Mergentheimer. »Vielen Dank!«

Während Claus zu seinem Auto ging, rieb er sich zufrieden die Hände, denn soeben hatte er gleich mehrere Fliegen mit einer Klappe geschlagen: Er hatte den Polizisten aus Wiesbaden noch ein kleines Abschiedsgeschenk verpasst, indem er Sarah Hirsch den schärfsten Strafverteidiger, den er kannte, ans Herz gelegt hatte – und zudem hatte er, wenn alles glatt ging, dafür gesorgt, dass seine Freunde einen Auftrag bekamen.

Er fuhr direkt im Anschluss noch kurz bei Stefan und Peter vorbei und unterrichtete sie von der Hausdurchsuchung, der bevorstehenden Festnahme und der Aussicht, dass Dr. Pfannmöller sie in dieser Sache beauftragen könnte. Er blieb aber nicht lange, denn es war schon nach elf, und er hatte wieder einmal einen Zwölfstundentag hinter sich. Seine Frau war zu Recht sauer, dass es bei ihm immer später wurde – aber was sollte er machen? Er war nun mal mit Leib und Seele Polizist, und da hatte man keinen geregelten Feierabend.

Am nächsten Morgen waren Stefan und Peter noch nicht lange im Büro, als das Telefon läutete und Dr. Pfannmöller seinen Besuch ankündigte. Auf dem Rückweg vom Wiesbadener Polizeipräsidium wollte er mit Frau Hirsch kurz vorbeischauen.

Tatsächlich war es noch nicht einmal halb elf, als Dr. Pfannmöller und Sarah Hirsch vor Peters Schreibtisch Platz nahmen.

Der Anwalt legte den Detektiven die vorläufigen Ermittlungsergebnisse der Wiesbadener Kripo dar und schloss mit den Worten: »So, jetzt kennen Sie den neuesten Stand. Was ist denn Ihre Meinung dazu?«

»Auf den ersten Blick sieht es tatsächlich so aus, als ob Rainer Hirsch der Täter wäre«, sagte Stefan.

»Aber nur auf den ersten«, ergänzte Peter. »Wenn man

erst einmal genauer hinsieht, entdeckt man doch noch so einige Ungereimtheiten.«

»Ganz meine Meinung«, stimmte der erfahrene Anwalt zu. »Warum hätte Herr Hirsch die Pistole und das als Schalldämpfer verwendete Kissen entsorgen, Pullover und Testamentsentwurf aber behalten sollen? Nein, viel wahrscheinlicher ist dann wohl, dass er nie im Besitz von Waffe und Kissen war. Das bedeutet aber zwangsläufig, dass es einen anderen Täter geben muss. Außerdem ist der Pullover am linken Ärmel mit Blut beschmiert. Da seine Eltern aber erschossen und nicht erstochen wurden, passt das eher zu der Vorstellung, dass er sie kurz nach der Tat gefunden hat und nachsehen wollte, ob noch Hilfe möglich ist. Als er feststellte, dass ihnen niemand mehr helfen kann, nutzte er die Gelegenheit, um nach dem Testament zu suchen. Das allerdings mit schlechtem Gewissen und daher reichlich kopflos, wie wir inzwischen wissen.«

»Besser hätte ich es auch nicht zusammenfassen können«, sagte Peter. In diesem Moment begann das Handy von Burkhard Pfannmöller zu läuten.

Der Anwalt zog es aus der Tasche seines Trenchcoats, warf einen Blick auf die Anzeige und meldete sich: »Hallo Schatz, was gibt's?«

Dann hörte er eine ganze Weile zu, und seine Miene verdüsterte sich zusehends.

Als er aufgelegt hatte, fragte Stefan misstrauisch: »Was ist denn los?«

»Schlechte Nachrichten«, sagte Dr. Pfannmöller. »Der Bericht der Gerichtsmedizin liegt jetzt vor. Nun wird die ohnehin schon dünne Luft für Rainer Hirsch noch dünner.«

Sarah Hirsch, die sich bislang kaum am Gespräch beteiligt und Löcher in die Luft gestarrt hatte, fragte erschrocken: »Dann kommt mein Mann nicht frei?«

»Nein, Frau Hirsch, ich fürchte nicht. Ich gehe vielmehr davon aus, dass man nun die Ermittlungen als abgeschlossen betrachtet und vielleicht schon in vierzehn Tagen Anklage gegen Ihren Mann erhebt. Denn das Ergebnis der Obduktion stützt höchstwahrscheinlich die Schuldtheorie des Kommissars.«

»Was wurde denn festgestellt?«, fragte Peter.

»Peter, Stefan, der Todeszeitpunkt des Ehepaars Hirsch lässt sich ziemlich genau auf die Zeit zwischen vierzehn Uhr dreißig und sechzehn Uhr festlegen. Daran lässt sich vermutlich nicht rütteln, Dr. Mayweg ist ein sehr kompetenter und renommierter Pathologe. Dass Rainer Hirsch um kurz vor vier bei der Wohnung seiner Eltern gesehen wurde, ist übel.«

Von Sarah Hirsch war ab diesem Moment keine Mitarbeit mehr zu erwarten. Sie hatte die Hand vor den Mund geschlagen und starrte gedankenverloren vor sich hin.

Dafür waren Stefan und Peter umso konzentrierter, und so begannen beide, wie so oft in letzter Zeit, nahezu gleichzeitig zu sprechen: »Aber das stützt …« Sie hielten schmunzelnd inne, und Peter ließ seinem Freund den Vortritt: »Also, das stützt doch mindestens genauso unsere Theorie. Denn wenn seine Eltern am frühen Nachmittag ermordet wurden, kann er sie ja um sechzehn Uhr gefunden haben. Zugegeben, Rainer Hirsch und der Mörder müssten sich fast schon über den Weg gelaufen sein, aber das ist ja durchaus möglich. Als er nachsah, ob sie vielleicht noch leben, ist er versehentlich mit dem Ärmel in die Blutlache geraten.«

»Ganz genau so könnte es gewesen sein«, stimmte Peter zu.

»Bei mir rennt ihr damit offene Türen ein«, sagte der Anwalt, »aber versucht das mal Kommissar Schaaf begreiflich zu machen. Schade, dass nicht Herr Mergentheimer die Ermittlungen leitet, dann hätten wir es leichter.«

Sarah Hirsch tauchte für einen kurzen Moment aus ihrer Versunkenheit auf und fragte mit zaghafter Stimme: »Wenn er es nicht war, wer könnte es dann gewesen sein?«

»Wenn wir in dieser Richtung den geringsten Anhaltspunkt gefunden hätten, wären wir schon ein ganzes Stück weiter«, sagte Peter nachdenklich. »Ich glaube immer noch, dass es mit Hirschs ständigen Denunziationen und Anzeigen zusammenhängt. Für mich scheidet auch ein Raubüberfall aus.«

»Ja, dafür herrschte zu viel Ordnung in der Wohnung. Der Täter hat außer dem Schreibtisch offenbar kein anderes Möbelstück angerührt.«

»Bravo, Stefan, das ist bereits ein guter Hinweis«, lobte Peter und fuhr fort: »Der Täter hat offensichtlich etwas ganz Bestimmtes gesucht und es im Schreibtisch vermutet. Als er nicht fand, was er suchte, ist die Sache wohl aus dem Ruder gelaufen.«

»Das Testament?«, fragte Frau Hirsch vorsichtig, und für einen Sekundenbruchteil stutzte Peter, weil ihr Tonfall irgendwie nicht zu ihrer Situation passte.

»Nein, das glaube ich nicht, denn dann wären wir schon wieder bei Ihrem Mann angekommen«, sagte er. »Ich glaube, der Täter hat den Testamentsentwurf zusammen mit den anderen Artikeln auf die Schreibtischplatte geräumt, und Ihr Mann hat lediglich die Gunst der Stunde ergriffen und ihn mitgenommen. Nein, ich glaube noch immer, es ging dem wahren Täter um die Aufzeichnungen Ihres Schwiegervaters.«

»Da könntest du recht haben«, sagte Burkhard Pfannmöller, und Stefan warf ein: »Darf ich gerade mal drauflos-
schwadronieren, wie ich mir den Ablauf vorstelle?«

Alle im Raum sahen ihn erwartungsvoll an, und er
begann: »Gernot Hirsch hat, wie wir wissen, jeden Re-
gelverstoß, jede Ordnungswidrigkeit und alles, was ihm
irgendwie suspekt vorkam, gnadenlos festgehalten und
zur Anzeige gebracht. Könnte es nicht sein, dass er dabei
jemandem deutlich fester auf die Zehen gestiegen ist, als es
zuerst den Anschein hatte? Und wenn nun dieser Jemand
am Samstag um halb drei bei Hirsch vorbeikam, um ihn
zur Rede zu stellen, Hirsch aber nicht mit sich reden lassen
wollte?«

»So weit, so gut, aber wie kam es dann zu dem Mord?«,
fragte Pfannmöller.

»Nichts einfacher als das. Um den lästigen Besucher endlich loszuwerden, holt Hirsch seine Pistole aus der Schatulle
und fuchtelt dem Eindringling, denn so sieht er den Besucher inzwischen, damit vor der Nase herum. Das bringt
den Mann, denn männlich ist der Mörder nach meiner
Meinung mit Sicherheit, so sehr in Rage, dass er dem alten Hirsch die Waffe entreißt. Dann beginnt das Ganze
zu eskalieren. Der Mann sieht plötzlich die Chance, seiner
Forderung nach Herausgabe der Papiere mehr Nachdruck
zu verleihen, und legt auf den Alten an. Dieser wähnt sich
im Recht und geht seinerseits auf den Eindringling los.«

»Wo ist Frau Hirsch in diesem Moment, was meinst du?«

»Ich weiß es nicht. Vielleicht war sie in der Küche, oder
sie hielt ihren Mittagsschlaf. Auf jeden Fall war sie nicht
im Wohnzimmer, denn sonst hätte sich der Mann zwei
Personen gegenübergesehen, und es wäre vermutlich nicht
zur Eskalation gekommen. So aber sieht der Besucher, der

von Hause aus schon über einige kriminelle Energie verfügen muss, seine Felle langsam davonschwimmen und legt auf Hirsch an. Bemerkenswert ist, dass er dabei noch die Kaltblütigkeit besitzt, das Sofakissen als Schalldämpfer zu benutzen. Gerade als Hirsch tödlich in die Brust getroffen zusammenbricht, kommt seine Frau ins Zimmer, und um zu verhindern, dass sie losschreit oder ihn später identifizieren kann, muss er auch sie erschießen. Der Mann nutzt die Gunst der Stunde und durchwühlt den Schreibtisch. Dabei räumt er vermutlich den Testamentsentwurf heraus, der Rainer Hirsch zum Verhängnis werden könnte. Er findet die fein säuberlich geführten Aufzeichnungen in den Büchern ab dem Jahr … 2000 war es, nicht wahr, Burkhard?«

»Ja, ab dem Jahr 2000 waren korrekt geführte Bücher vorhanden.«

»Er findet die Bücher, die Mitte letzten Jahres enden, da Herr Hirsch anscheinend noch nicht dazu gekommen ist, die neuesten Vergehen und Verbrechen, oder was er dafür hielt, sauber zu dokumentieren. Der Mörder lässt, da ihm die Zeit nur so durch die Finger rinnt, den ganzen Mist auf dem Schreibtisch liegen und sucht das Weite. Nur kurz bevor Rainer Hirsch am Tatort auftaucht. – In diesem Zusammenhang müssen wir unbedingt feststellen, was Hirsch gegen die Leute unternommen hat, die er bei Verbotenem erwischt hat.«

»Das kann ich Ihnen sagen«, meldete sich überraschend Sarah Hirsch zu Wort. »Er hat ein bis zwei Wochen Material gesammelt und dann zur Anzeige gebracht. Meist in Kelkheim, gelegentlich aber auch in Hofheim.«

»Aha, das macht meine Ausführungen umso wahrscheinlicher. Ich bin davon überzeugt, dass unter den Aufzeichnungen jüngeren Datums etwas dabei ist, bei dem mehr dahintersteckt, als sich auf den ersten Blick vermuten lässt. Das heißt, wir müssen unbedingt die Aufzeichnungen der letzten Wochen finden. Es würde mich nicht wundern, wenn wir nach deren Auswertung der Lösung des Falles ein ganzes Stück näherkämen.«

»Super, Stefan! Ich kann mich aufs Altenteil zurückziehen und dir die Detektei überlassen. Besser hätte ich es auch nicht rekonstruieren können.«

»… und mich die Arbeit allein machen lassen? Das könnte dir so passen«, sagte Stefan lachend, um dann ernst Sarah Hirsch zu fragen: »Können wir jetzt gleich mit Ihnen in die Wohnung rübergehen und nach diesen Unterlagen suchen?«

»Hat das nicht Zeit bis heute Nachmittag?«

»Wenn es unbedingt sein muss, ja, aber warum?«

»Ich habe die Schlüssel jetzt nicht dabei, denn ich war ja noch nie allein in der Wohnung dieser … Leute. Außerdem wollte ich mit Herrn Dr. Pfannmöller in die Haftanstalt zu meinem Mann fahren.«

»Okay, bauen Sie Ihren Mann jetzt erst einmal wieder etwas auf, das ist auch wichtig. Treffen wir uns also um fünfzehn Uhr an der Wohnung Ihrer Schwiegereltern?«

»Ja, das müsste klappen«, sagte Sarah Hirsch und stand auf.

Auch Dr. Pfannmöller erhob sich und sagte zu ihr, während er seinen Mantel überzog: »Diese Detektive sind nicht gerade billig, aber durchaus ihr Geld wert. Allein ihre Erfolgsliste liest sich bereits wie ein Krimi. Hier sind Sie in besten Händen.«

»Ja, bestimmt«, antwortete Frau Hirsch, und nur wer sie besser kannte, hätte den sonderbaren Unterton, der in ihrer Stimme mitschwang, bemerkt.

Während Sarah Hirsch und der Anwalt zur Untersuchungshaftanstalt fuhren, machten Stefan und Peter das, was sie noch lieber taten als ermitteln: Mittagspause.

»Die haben wir uns redlich verdient«, sagte Peter, während sie in sein Auto stiegen, um zu Stefan nach Hause zu fahren, wo Verena für alle gekocht hatte; auch Annika und Sven waren gekommen.

Wenig später saßen Peter und Stefan mit Sven im Esszimmer, während Annika ihrer Freundin in der Küche half.

»Wie sieht's eigentlich mit dem Kauf der Wohnung aus, Stefan?«, fragte Peter.

»Oh, Mist, Herrn Wohlers will ich ja schon seit Tagen anrufen. Gut, dass du mich daran erinnerst.«

Dann rief Stefan in die Küche hinüber: »Verena, Schatz, dauert es noch lange, bis das Essen fertig ist?«

Verena, die den Sinn von Stefans Frage gründlich missverstand, kam ins Esszimmer gestürmt und sagte grimmig: »Wenn du nur ein bisschen mithelfen würdest, anstatt dumme Sprüche zu klopfen, ginge es bedeutend schneller.«

»Äh, ich frag doch nur, weil ich, wenn es noch ein wenig dauert, vorher Herrn Wohlers anrufen könnte.«

Nun hatte sich Stefan erst richtig in die Nesseln gesetzt.

»Wie bitte? Du hast das noch immer nicht auf die Reihe gekriegt?«

»Nein, es hat noch nicht geklappt.«

»Dann ist es höchste Zeit. Oder willst du die Wohnung am Ende gar nicht mehr kaufen?«

»Doch, doch, natürlich«, versicherte Stefan, und während er zum Hörer griff, murmelte er: »Wie man's macht, ist es verkehrt, und macht man gar nichts, ist es auch nicht besser.«

Stefan hatte sich noch nicht richtig gemeldet, da fragte die tiefe Stimme des alten Wohlers schon: »Bin ich richtig informiert, dass man Rainer Hirsch festgenommen hat und des Mordes an seinen Eltern beschuldigt?«

»Ja, das stimmt. Aber machen Sie sich keine Sorgen, mein Geschäftspartner und ich arbeiten für Herrn Dr. Pfannmöller, den Verteidiger von Herrn Hirsch. Wenn er unschuldig ist, und das ist unserer Ansicht nach der Fall, dann werden wir das herausfinden.«

»Er ist unschuldig. Für mich gibt es da gar keinen Zweifel.«

»Für uns auch nicht«, beruhigte Stefan den alten Mann. »Aber das ist nicht der eigentliche Grund, warum ich anrufe. Ich wollte noch einmal auf Ihre Wohnung zu sprechen kommen. Sind Sie noch immer an einem Verkauf interessiert?«

»Auf jeden Fall. Eigentlich mehr denn je. Wenn Sie nicht kaufen, werde ich die Wohnung in den nächsten vier Wochen über einen Makler anbieten lassen.«

Stefan traute seinen Ohren kaum. Woher kam denn diese plötzliche Eile?

»Was ist passiert?«

»Nichts Besonderes, nur dass mein Hausarzt mir eine ausgezeichnete Gesundheit attestiert hat, mit der ich neunzig werden kann. Aber meine Frau ist mit ihren nicht einmal fünfundsiebzig Jahren ans Bett gefesselt. Noch kann ich ihr ganz gut helfen, aber denken Sie mal zehn Jahre weiter …«

»Kann man denn da gar nichts machen, Rehamaßnahmen oder so?«

Kaum hatte Stefan das gefragt, da begann der alte Mann sich in Rage zu reden: »Pah, Rehamaßnahmen. Es gäbe sogar die passende Operation. Aber daran, dass ältere Personen in den Genuss kostspieliger Maßnahmen kommen, ist in Deutschland doch schon lange keiner mehr interessiert. In diesem Land zählt der Mensch nur so lange, wie er zur Kapitalvermehrung der Reichen beitragen kann. Rentner oder gar behinderte Rentner sind in den Augen vieler Deutscher doch völlig überflüssig. Was sie im Laufe ihres Lebens an Aufbauarbeit geleistet haben, interessiert doch keine Sau.«

»Hm, ist das nicht etwas über…«

»Keineswegs. Ich hatte kürzlich Gelegenheit, an einer Diskussionsrunde in der Stadthalle zum Thema Gesundheit im Alter teilzunehmen, bei der auch Landtagsabgeordnete eingeladen waren. Da sagte mir doch glatt einer dieser jungen Schnösel ins Gesicht, dass ich nicht andauernd jammern und um Almosen betteln solle. Der Staat könne nichts mehr verteilen, es müsse gespart werden. Wörtlich sagte er: Wir stünden schon längst am Abgrund, wenn der Staat jedem Alten, der nichts mehr leisten könne, teure Operationen und Rehamaßnahmen bezahlen würde. Das wären Gelder, die den Jungen, die mitten im Erwerbsleben stünden, gestohlen würden. Ich habe ihm darauf gesagt, dass ich meine Kindheit in Bomben und Elend verbringen musste und auch die Jahre danach kein Zuckerschlecken waren. Meine Jugend ist praktisch ausgefallen. Er hingegen brauchte sich nur ins gemachte Nest zu setzen und sich zwanzig Jahre im Hotel Mama bekochen zu lassen. Damit schien ich ihn getroffen zu haben, denn nun wurde er unfair und sagte, wir Nazis seien doch selbst am Krieg schuld gewesen. So weit, so gut, nur leider war schon mein Großvater Sozialdemokrat und Pazifist, was er an meinen Vater und mich weitergegeben hat. Als er merkte, dass er auch damit nicht punkten konnte, sah er mich von oben herab an und sagte: Ich weiß wirklich nicht, was Sie wollen, Sie haben doch gut gelebt, oder? Dann hat er sich einfach einem anderen Gesprächspartner zugewandt und mich dastehen lassen wie einen dummen Schulbuben.«

Stefan konnte gut nachvollziehen, dass der Alte stocksauer war. Die Politiker, ganz gleich welcher Partei sie angehörten, schienen sich in den letzten Jahren immer weiter vom Volk zu entfernen – fast wie eine Rakete, die langsam Fahrt aufgenommen hat und nun immer schneller und ohne Steuermann ins Weltall hinausschoss.

Dennoch wollte Stefan noch einmal auf sein Anliegen zurückkommen: »Dass wir die Wohnung nicht komplett bezahlen können, dürfte sicher klar sein. Aber wie wäre es mit einer größeren Anzahlung? Und den Rest bekämen Sie in monatlichen Raten knapp oberhalb des Mietpreises.«

»Das hört sich nicht schlecht an, ich muss das jedoch erst einmal durchrechnen. Die Anzahlung müsste aber rund achtzigtausend Euro betragen.«

»So viel? Aber warum ...?«

»Meine Frau soll in einer speziellen Privatklinik in Norddeutschland operiert werden. OP und Nachsorge kosten allein gute fünfzigtausend ...«

»Und die Kasse zahlt diese OP nicht?«

»Denen sind die Erfolgsaussichten mit knapp fünfzig Prozent zu gering. Bei uns alten Leuten investiert man so viel nicht mehr, ohne zu wissen, was dabei herauskommt. Aber gut – ich rechne das Ganze mal durch und melde mich dann bei Ihnen. Vielleicht reichen ja auch sechzig. Wollen wir so verbleiben?«

»Ja, okay«, sagte Stefan ein wenig erleichtert, denn achtzigtausend Euro würden ihre Möglichkeiten garantiert überschreiten.

4.

Obwohl sie schweren Herzens auf den Nachtisch verzichtet hatten, kamen Peter und Stefan ein paar Minuten zu spät vorm Wohnhaus der Hirschs an. Trotzdem dauerte es fast noch einmal eine Viertelstunde, bis Sarah Hirsch ganz außer Atem vor ihnen stand.

»Ah, da sind Sie ja schon«, begrüßte sie die beiden Detektive eine Spur zu fröhlich, schloss die Haustür auf und stieg so schnell in den ersten Stock hinauf, dass sie kaum folgen konnten.

Als sie auf dem Treppenabsatz ankamen, hatte Sarah Hirsch bereits die Wohnungstür geöffnet und sagte: »Gehen Sie vor, meine Herren. Sie wissen besser, wonach Sie suchen müssen, als ich. Ich setze mich derweil hier etwas hin.«

Bei diesen Worten ließ die Frau sich auf dem Telefonbänkchen im Flur nieder und zündete sich eine Zigarette an.

Peter und Stefan fiel auf, dass sie im Gegensatz zum Morgen, als sie einen sehr niedergeschlagenen Eindruck machte, fast schon gelöst war, und konnten sich das nicht so recht erklären.

»Das Polizeisiegel an der Wohnungstür ist schon wieder entfernt«, sagte Peter laut. »Das bedeutet, dass die Ermittlungen vor Ort bereits abgeschlossen sind und die Wiesbadener sicher sind, den richtigen Täter zu haben.«

»Ja, die Leute von der Kripo in Wiesbaden scheinen sich auf Ihren Mann als Täter eingeschossen zu haben«, bekräftigte Stefan und beobachtete Sarah Hirsch aus den Augenwinkeln.

Leider drehte die sich gerade in diesem Augenblick weg, um in ihrer Handtasche zu kramen, sodass weder er noch Peter den Anflug eines Lächelns bemerkten, das nur Sekundenbruchteile darauf wieder dem Ausdruck tiefer Bestürzung Platz machte.

Dann begannen die beiden Detektive systematisch das Wohnzimmer zu durchsuchen, und Sarah Hirsch rief aus dem Flur: »Dabei hatte ich von diesem Hofheimer Polizeikommissar ... wie hieß er noch?«

»Claus Mergentheimer.«

»Genau, das war der Name. Kennen Sie ihn, Herr Weimershaus?«

»Recht gut sogar«, antwortete Stefan, »Herr Stettner ist aus seiner Zeit bei der Polizei mit ihm befreundet.«

»Ach, Sie waren bei der Polizei, Herr Stettner?«

»Ja, aber das ist schon lange her«, wiegelte Peter ab, der keine Lust hatte, Frau Hirsch seine Lebensgeschichte zu erzählen. »Los, Stefan, lass uns weitermachen, wir haben nicht viel Zeit.«

»Wieso?«, hakte Sarah Hirsch nach.

»Weil der Prozess gegen Ihren Mann schon in Kürze beginnen dürfte. Sobald die Polizei ihre Ermittlungen abgeschlossen hat, und darauf deuten die entfernten Siegel hin, wird die Staatsanwaltschaft aktiv und erhebt Anklage. – Aber nun noch einmal zum Thema, weswegen wir hier sind. Frau Hirsch, wissen oder ahnen Sie wirklich nicht, wo Ihr Schwiegervater seine unbearbeiteten Beschwerdefälle gelagert haben könnte?«

»Nein, ganz bestimmt nicht. Ich habe diese Wohnung insgesamt vielleicht fünf Mal betreten.«

»Na prima … dann können wir hier jeden Winkel absuchen.«

»Ganz so wild wird's schon nicht werden«, beschwichtigte Peter seinen Freund. »Küche und Bad können wir vermutlich ausschließen. Ganz heiße Kandidaten sind allerdings die Flurgarderobe, der Wohnzimmerschrank, das gesamte ehemalige Kinderzimmer und der Bettkasten.«

»Den Kleiderschrank im Schlafzimmer nicht zu vergessen«, warf Stefan ein.

Dort fand er allerdings genauso wenig wie Peter in der Flurgarderobe, und als sie eine halbe Stunde später auch das Kinderzimmer auf den Kopf gestellt hatten, hatten sie die Hoffnung auf einen schnellen Erfolg beinahe schon aufgegeben.

Sarah Hirsch war es in der Zwischenzeit langweilig geworden, und sie hatte begonnen, ruhelos im Flur auf und ab zu gehen.

Plötzlich sagte sie zu den Detektiven: »Sie kommen hier ja allein zurecht, ich geh dann mal. Wenn Sie hier fertig sind, ziehen Sie einfach die Tür hinter sich ins Schloss.«

Nachdem die Frau die Wohnung verlassen hatte, sagte Stefan: »Peter, vielleicht sehe ich ja Gespenster, aber ich traue Frau Hirsch nicht über den Weg; sie ist mir so was von unsympathisch …«

Während Peter den Bettkasten öffnete, antwortete er: »Geht mir nicht anders. Aber wenn alle, die mir nicht sympathisch sind, Dreck am Stecken hätten, säße vermutlich halb Deutschland hinter Gittern. Lassen wir uns also lieber nicht von unseren Gefühlen leiten und machen stattdessen … Stefan, was sind denn das für Tüten dort in der Ecke?«

»Wahrscheinlich alte Lappen, so prall gefüllt, wie die sind.«

Dann wären sie nicht derart sorgfältig zugeklebt. Hol doch mal eine Tüte raus.«

»Okay«, sagte Stefan und zog die beiden Tüten hervor.

Dabei kam ihnen eine mächtige Staubwolke entgegen, die ihnen für einige Sekunden den Atem nahm. Erst dann fiel ihnen auf, dass beide Tüten beschriftet waren. Stefan las die Aufschrift, und ihn traf fast der Schlag. Vor ihnen waren die gesammelten Werke des Querulanten Gernot Hirsch. Allerdings enthielt jede dieser Tüten nur die Unterlagen für exakt vier Wochen.

»Ach du meine Fresse«, sagte Stefan kopfschüttelnd, »der muss ja den ganzen Tag draußen rumgelaufen sein, um Leute aufzuschreiben.«

»Sieht ganz so aus«, sagte Peter und hob die Tüten aus dem Bettkasten.

Darunter kam noch ein kleines Päckchen zum Vorschein, in dem sich ein Schlüssel befand. Dieser war dem von der Wohnungstür nicht unähnlich, aber er passte weder dort noch zur Haustür oder am Kellerschloss. Das probierten die beiden gleich aus, als sie nach weiteren Unterlagen suchten. Leider fanden sie aber nichts weiter, was mit Gernot Hirschs Kontrollzwang in Verbindung stand.

Da zwischen den Daten auf den Tüten und auf den Büchern im Schreibtisch noch immer gut und gern ein halbes Jahr lag, musste es noch ein weiteres Versteck geben. Doch dies schien den Taunus-Ermittlern erst einmal zweitrangig, denn es war nicht anzunehmen, dass die Ursache der Bluttat mehr als zwei Monate zurücklag.

»Komm, wir nehmen den ganzen Mist mit rüber zu mir«, sagte Stefan, »da sitzen wir um einiges bequemer als hier.«

Wenige Minuten später hatten sie das gesamte Material auf dem Wohnzimmertisch ausgebreitet.

Als Verena das sah, fragte sie ungehalten: »Um Himmels willen, was schleppt ihr denn da an? Das Zeug staubt ja wie blöde.«

»Das sind Hirschs Unterlagen zu seinen Aktivitäten«, erklärte Stefan vorsichtig.

»Der letzten zwei Monate, wohlgemerkt«, ergänzte Peter und grinste, als sich Verena geschafft in einen Sessel fallen ließ.

Etwa zur gleichen Zeit räkelte sich Sarah Hirsch wohlig in einem Bett. Genau gesagt, gehörte das Bett zur Hochzeitssuite eines noblen Hotels nahe dem Frankfurter Messegelände. Ein Kelkheimer Geschäftsmann hatte die Suite gleich für mehrere Wochen angemietet.

Der Mann, der sie gerade oral verwöhnt hatte, war das genaue Gegenteil von Rainer. Der verdiente als Vorarbeiter im Schichtdienst zwar auch nicht schlecht, aber gegen diesen gutsituierten Geschäftsmann, der sich ihr gegenüber mehr als großzügig zeigte, war er ein Erbsenzähler. Er sparte und knauserte, nur um das für sie viel zu teure Haus abbezahlen zu können. Ihr Geliebter brauchte über solche Kleinigkeiten gar nicht erst nachzudenken. Sie hatte sich Hals über Kopf in diesen gutaussehenden Mann, den sie nicht einmal vier Wochen kannte, verliebt. Was nicht weiter verwunderlich war, denn während Sarahs Mann auf Schicht war, ließ er sich so einiges einfallen, um Sarah Hirsch völlig den Kopf zu verdrehen.

Einmal hatte er sie, als ihr Mann Tagschicht hatte, abgeholt, und sie waren mit seinem schnellen Wagen nach Düsseldorf, auf die Kö, zum Shopping gebraust. Ein anderes Mal, Rainer hatte Nachtschicht, war er mit Sarah im nobelsten Lokal von Limburg feudal tafeln gegangen. Sie war froh, diesen Mann kennengelernt zu haben, und selbst wenn es nur eine Affäre bleiben sollte, würde sie jede Sekunde genießen. Sie war im Begriff, den Verlockungen des Luxuslebens so sehr zu verfallen, dass sie erwog, ihren Mann zu verlassen, sobald der Mord an seinen Eltern aufgeklärt war.

Aber davon wusste der Mann nichts, während er sich zurückfallen ließ und nun die Liebkosungen ihrer Zunge genoss. Er verfolgte ganz andere Pläne, und davon ahnte wiederum Sarah nichts. Dass ihre Aktivitäten immer außerhalb Kelkheims stattfanden, erklärte er ihr damit, dass er sie nicht kompromittieren wollte, und verkaufte ihr das als echte, wahre Liebe.

In Wirklichkeit war der Mann schon allein wegen seiner Wochenend-Fernbeziehung zu Brigitte Klingenthaler aus Bad Hersfeld darauf bedacht, dass ihn niemand mit diesem *unbedarften Geschöpf,* wie er Sarah Hirsch insgeheim nannte, sah. Sicher, Sarah war weitaus attraktiver und zudem eine Granate im Bett, aber Brigitte hatte den unwiderlegbaren Vorteil, bei einer Heirat mindestens fünf Millionen Euro mit in die Ehe zu bringen. Das konnte er auf keinen Fall aufs Spiel setzen. Außerdem waren Spaß und guter Sex nur angenehme Nebeneffekte. Es waren ganz andere Gründe, die ihn dazu gebracht hatten, sich vier Wochen zuvor an Sarah Hirsch heranzumachen.

Das alles schoss dem Mann durch den Kopf, während Sarah sich leidenschaftlich um ihn bemühte. Doch nun wollte er genießen und gab sich mit einem wohligen Aufstöhnen seiner Leidenschaft hin.

Eine gute halbe Stunde später saßen beide nackt auf der ledernen Sitzgarnitur im riesigen Wohnraum der Suite und tranken Champagner.

Da kam der Mann ganz behutsam auf das zu sprechen, was ihn brennend interessierte: »Was meinst du, Schatz, wird dein Mann angeklagt?«

»Es sieht so aus.«

»Meinst du, sie werden ihn verurteilen?«

»Warum fragst du?«

»Zum einen, weil es mich interessiert, und …« Er machte eine kurze Pause und legte dann nach: »Außerdem könntest du dann leichter aus deiner Ehe raus und wärst frei für mich.«

»Ach Schatz, du bist so süß. Wenn das alles hinter uns liegt, lasse ich mich scheiden und ziehe zu dir.«

Ganz gewiss nicht, dachte der Mann und fürchtete, es übertrieben zu haben, dennoch sagte er: »Ich freu mich drauf. – Was meint denn sein Anwalt, ist er schuldig?«

»Er glaubt an Rainers Unschuld.«

»Okay, das muss er ja schon von Berufs wegen.«

»Schon, aber er hat zwei Detektive auf den Fall angesetzt, die …«

»Detektive?!«, schrie der Mann fast panisch und hoffte, dass Sarah nicht bemerkt hatte, wie ihm vor Schreck beinahe die Zigarre aus der Hand gefallen war.

»Ja, zwei Detektive aus Kelkheim.«

»Ach, die aus der Frankfurter Straße?«

»Genau die. Kennst du die?«

»Nur vom Hörensagen. Sind die wirklich so gut, wie man sagt?«

»Rainers Anwalt hält große Stücke auf sie. Er meint, sie hätten schon so manchen kniffligen Fall geknackt.«

»Das interessiert mich. Hat er dir mehr davon erzählt?«

»Du stellst heute vielleicht Fragen. Warum interessiert dich das?«

»Kennst du einen Mann, der sich nicht für Krimis interessiert?«

»Nein – Rainer zieht sich auch einen nach dem anderen rein, anstatt mit mir zu schlafen. Kein Wunder, dass wir uns irgendwie … na ja, ich hab ja jetzt dich.«

»Ja, mein Schatz«, säuselte der Mann zuckersüß und küsste Sarah leidenschaftlich, schlang seinen Arm um sie und fragte dann noch einmal: »Was hat sein Anwalt denn über die Detektive gesagt?«

»Die beiden haben schon eine Neonazi-Partei ausgehoben, einen Serienkiller gefangen und letztes Jahr den Gangster Horst Barmstedt aus dem Frankfurter Rotlichtmilieu zur Strecke gebracht. Und das alles, obwohl die Detektei noch nicht einmal sechs Jahre besteht.«

Dies zu hören stimmte den Mann kein bisschen fröhlicher. Insgeheim hatte er gehofft, dass die Verurteilung Rainer Hirschs nur eine Formsache sei und danach wieder Ruhe einkehren würde. Aber nach diesem Bericht sah alles ganz anders aus. Er musste nachdenken, wie er weiter vorgehen würde, und dabei störte Sarah nur.

Deshalb sprang der Mann plötzlich hoch, sah demonstrativ auf die Uhr und rief: »Oh, verdammt, ich habe einen wichtigen Termin vergessen. Sarah, Schatz, ich muss jetzt los … Du bist mir doch nicht böse?«

»Nein, Liebling, aber schade ist es trotzdem. Ich hatte mich so darauf gefreut, dich den ganzen Abend für mich zu haben. Wann sehen wir uns wieder?«

»Wenn du willst, schon morgen um die gleiche Zeit. Ich freu mich schon drauf.«

»Ich mich auch.«

»Wenn du willst, können wir aber auch zum Mittagessen in unser Lokal nach Limburg und anschließend hierher fahren.«

»Oh ja, das machen wir!«, rief Sarah Hirsch überglücklich und küsste den Mann leidenschaftlich.

Der Geschäftsmann erwiderte ihren Kuss mit genau der gleichen Leidenschaft, und hätte jemand die beiden gesehen, er hätte sie für das glücklichste Paar der Welt gehalten.

Während Sarah mit ihrem uralten rostroten Corsa nach Kelkheim zurückfuhr und der Geschäftsmann ziellos durch Frankfurt kurvte, hatten sich Stefan und Peter in Hirschs gesammelte Werke vertieft und sie grob vorsortiert. Angesichts der riesigen Mengen an Material hatten sich Verena und Annika erstaunlich schnell bereit erklärt zu helfen.

Da waren die verschiedensten Vergehen aufgelistet – von Parkverstößen bis zu abgelaufenen TÜV-Plaketten. Auch schien Herr Hirsch regelmäßig Posten an verschiedenen Ampeln im Stadtgebiet bezogen zu haben, um zu beobachten, wann jemand bei Rot fuhr. Doch nicht nur der Straßenverkehr hatte es ihm angetan. Er hatte jedes nur denkbare Fehlverhalten fein säuberlich sowie detailreich aufgeschrieben und, oftmals mit Unterstützung seiner Frau, die meist als Zeugin genannt wurde, zur Anzeige gebracht. Greta Hirsch schien kein bisschen besser als ihr Mann gewesen zu sein, und die beiden mussten mehrere Stunden täglich damit zugebracht haben, ihre Mitbürger zu kontrollieren.

»Seht mal, was ich hier habe!«, rief Verena plötzlich und nahm ein Blatt vom Stapel, worauf Peter genervt fragte: »Was denn? Mir reicht's so langsam mit diesem Mist.«

»Hört doch mal zu, das ist die Krönung.«

30. März, 18.30 Uhr
Restaurant Zum Bunker, Hauptstraße, Kelkheim
Die Unfreundlichkeit des neuen Wirts ist nicht mehr tolerabel und muss unbedingt öffentlich angeprangert werden. Erst wollte er uns unter dem Hinweis, dass alles reserviert sei, keinen Platz geben, und als ich protestierte, bekamen wir den schlechtesten Tisch, der im Lokal zu finden war, zugewiesen.

18.40 Uhr
Der Wirt kam nach mehrfacher Aufforderung nicht an den Tisch.

18.45 Uhr
Endlich war der Wirt da. Als ich ihn fragte, ob er uns nicht bedienen wolle, log er dreist und erzählte etwas von einem vollen Lokal.

18.55 Uhr
Das Glas Bier, das ich bestellt und nun endlich auch bekommen habe, enthält zu wenig Flüssigkeit. Es ist nur bis etwa zwei Millimeter unter den Eichstrich gefüllt.

19.15 Uhr
Beim zweiten Bier war es noch schlimmer. Hier fehlten exakt drei Millimeter. Auch das zweite Glas Wein meiner Frau war nicht korrekt befüllt. Als ich den Wirt darauf hinwies, brachte er mir ein Glas Bier gratis. Zuerst dachte ich noch, er macht sich, aber als ich es getrunken hatte, wusste ich es besser. Es war irgendeine abgestandene Brühe.

19.40 Uhr
Die hygienischen Bedingungen im Lokal sind aufs Schärfste

zu beanstanden. Auf der Toilette liegt Toilettenpapier auf
dem Boden, und jemand hat neben das Urinal gepinkelt.
Außerdem wäscht sich der Wirt nicht oft genug die Hände.

20.15 Uhr
Beim Bezahlen versuchte der Wirt mich zu betrügen. Er be-
hält einfach fünf Cent ein und behauptet, ich hätte »Stimmt
so« gesagt, dabei gebe ich nie Trinkgeld.

FAZIT:
Jeweils eine Anzeige beim Eichamt, beim Gesundheitsamt
und bei der Kripo ist ihm sicher. Außerdem werde ich über
Zeitungsanzeigen, in denen dargelegt wird, welch schlechte
Manieren der Wirt hat, nachdenken.

»Was haltet ihr davon?«, fragte Verena, nachdem sie zu
Ende gelesen hatte.

»In einzelnen Punkten mag Gernot Hirsch ja vielleicht
nicht ganz falsch gelegen haben, aber ein solches Protokoll
zeugt nicht gerade von einem angenehmen Charakter. Es
wirkt schon fast pathologisch. Dass es da irgendjemandem
mal zu viel geworden ist, kann ich fast schon verstehen«,
sagte Stefan grinsend.

»Wie bitte?«, warf Annika unerwartet scharf ein. »Auch
wenn der Typ eine totale Nervensäge war, gibt das nieman-
dem das Recht, ihn einfach so zu beseitigen.«

»Deshalb suchen wir ja auch den Täter«, schlichtete Peter, und Stefan erklärte schnell: »Ich wollte ja auch keine
Diskussion darüber vom Zaun brechen, ob man Leute wie
diesen Hirsch umbringen darf. Ich wollte lediglich von
euch wissen, ob ihr es für möglich haltet, dass der Wirt
als Täter in Frage kommt. Wenn Hirsch seine angekün-

digten Anzeigen wahr gemacht hat, würde mich das nicht wundern.«

»Ja, leg den Fall mal auf den Stapel mit den Leuten, die wir als Täter nicht ausschließen können. Darüber müssen wir mit Claus reden. Er kann uns bestimmt wertvolle Tipps geben.«

»Alles klar. Das wäre dann schon der siebzehnte zu überprüfende Fall – und die Verkehrsverstöße haben wir uns noch nicht einmal angesehen.«

»Die gehen schneller. Die Falschparker können wir erst einmal außen vor lassen, für ein Knöllchen bringt man niemanden um. Nur die schwerer wiegenden Fälle müssen wir uns mal genauer ansehen.«

Die anderen nickten und griffen entschlossen nach Gernot Hirschs Notizen.

Dennoch dauerte es fast weitere drei Stunden, bis sie den Berg von 197 Fällen, die der Querulant akribisch genau aufgelistet hatte, sortiert hatten. Auch hier blieben noch einmal drei Personen übrig, die überprüft werden mussten, sodass sie letztendlich zwanzig Personen mit einem ihrer Einschätzung nach ausreichend starken Motiv herausgefiltert hatten. Gernot und Greta Hirsch hatten sich in Kelkheim und Umgebung so ziemlich mit jedem angelegt. Während ihre Beschuldigungen gegen den Wirt des *Bunker* noch halbwegs plausibel klangen, waren in diesem Wust von Fällen auch so absurde Dinge dabei wie die Anschuldigung gegen einen Friseur, Herrn Hirsch ungefragt Haarwuchsmittel in die Haare zu reiben, damit er öfter kommen müsse. Den Autofahrer, den er wegen des Überfahrens einer roten Ampel angezeigt hatte und der daraufhin den Führerschein verlor, musste man in die Rechnung aufnehmen, nicht aber den Betreiber der Waschanlage, der auch eine Autolackiererei besaß: Ihn hatte Hirsch beschuldigt, Sand in seiner Waschanlage zu verwenden, um den Geschädigten hinterher eine günstige Neulackierung ihres Autos verkaufen zu können.

Die Hirschs schienen selbst bei den friedlichsten Zeitgenossen angeeckt zu sein. Dabei hatten sie keine Branche ausgelassen und auch Privatleute nicht verschont. Ganz egal ob Bäcker, Metzger, Reinigung, Autowerkstatt oder den Hausbesitzer, dessen Hecke um wenige Zentimeter zu weit auf den Gehsteig ragte. Die Hirschs hatten bis vor acht Wochen unerbittlich alles zur Anzeige gebracht. Dann waren sie, wenn man den Aufzeichnungen des Mannes glauben durfte, in Verzug geraten, weil er wegen seines Hüftleidens zu viele Arzttermine in Anspruch nehmen musste. Sie hatten zwar weitere Verstöße verfolgt, waren aber nicht mehr dazu gekommen, sie auszuwerten.

»Sag mal, wie spät ist es denn?«, fragte plötzlich Annika.

»Gleich halb zehn.«

»Dann muss Sven jetzt schleunigst ins Bett. Der Junge würde, wenn man ihn ließe, die ganze Nacht vor der Glotze verbringen.«

»Okay, machen wir Feierabend für heute«, sagte Peter, und als er mit seiner Familie schon an der Tür stand, meinte er noch: »Morgen früh will ich meinen Vater in Hattersheim besuchen, nehme Hirschs gesammelte Werke mal mit und fahre bei Claus in Hofheim vorbei. Mal sehen, was er uns dazu sagen kann – oder darf.«

5.

Am nächsten Morgen brach Peter schon recht früh auf, denn er wusste, dass Claus Nachtdienst hatte. Um sechs Uhr früh würde er also noch allein im Großraumbüro der Kriminalpolizeilichen Abteilung im Polizeirevier Hofheim sein. Kriminaloberrat Siegfried Bäumler, der Chef der Hofheimer Kriminalisten, war vor einigen Monaten in Pension gegangen, und man hatte ihn durch Manfred Schuchheim ersetzt, was zumindest aus Peters Sicht nicht gerade ein Vorteil war. Schuchheim wiederum war von der Freundschaft seines ranghöchsten Kommissars zu einem Privatdetektiv ebenso wenig begeistert. Er brachte das zwar nicht ganz so deutlich zum Ausdruck wie sein Vorgänger, aber wenn er die beiden bei einem privaten Plausch in den der Öffentlichkeit nicht zugänglichen Räumen des Reviers sehen würde, konnte das gewaltigen Ärger geben. Denn auch ihm waren Claus' Arbeitsmethoden, die nicht immer streng den Dienstvorschriften folgten, nicht verborgen geblieben.

Da Peter schon oft mit Claus über die Zustände bei der Hofheimer Kripo diskutiert hatte, wusste er, dass Manfred Schuchheim zum Glück nicht ganz so konservativ wie sein Vorgänger war. Das bedeutete, dass es für Barbara Segers, Claus' jüngste Kollegin, in Zukunft um vieles leichter würde. Endlich hatte das Wort der fähigen und inzwischen fast dreißigjährigen Beamtin das Gewicht, das ihr zustand.

Aber viel wichtiger war es, dass sie nun endlich zur Kriminalobermeisterin befördert worden war. Einem Mann wäre dieser Dienstrang schon zwei Jahre früher zuteil geworden. Mit einer Ausnahme vielleicht: Franz Leitner. Dieser hatte nach Ansicht von Siegfried Bäumler das falsche Parteibuch in der Tasche und erdreistete sich zudem, auch noch dem linken Flügel dieser Partei nahezustehen. Kein Wunder, dass sein früherer Chef die Beförderung zum Kommissar nie befürwortet hatte, obwohl Franz alle dazu nötigen Qualifikationen besaß.

Claus gingen ganz ähnliche Gedanken durch den Kopf, während er gähnend den Bericht über eine außergewöhnlich ruhige Nachtschicht zu Ende schrieb, in der es nicht einmal die obligatorische Kneipenschlägerei gegeben hatte.

Nun ja, dachte er, vielleicht ist es besser, dass sie Schuchheim aus Limburg geholt und nicht mich zum Kriminalrat gemacht haben. Meine Familie und ich haben unser Auskommen, und außerdem ermittle ich leidenschaftlich gern vor Ort. Damit wäre es dann vorbei gewesen. Schreibtisch, Telefon und Pressekonferenzen wären dann mein Arbeitsplatz geworden. Da verzichte ich doch gern auf das bisschen mehr Gehalt.

Claus, dessen Schreibtisch im Großraumbüro so aufgestellt war, dass er während der Arbeit aus dem Fenster sehen konnte, schreckte hoch, als es plötzlich an die Tür klopfte und sie mit einem leisen Knarren aufschwang. Er fuhr herum und entspannte sich sofort wieder, als er seinen Freund erkannte.

»Hallo Peter, was führt dich zu so früher Stunde hierher?«

»Dein Chef.«

»Wieso, willst du ihn anzeigen?«

»Quatschkopf; wenn der mich hier sieht, hast du vier Wochen lang nichts mehr zu lachen.«

»Hab ich auch so nicht, aber du hast schon recht. Was gibt es denn?«

»Es geht um den Hirsch-Doppelmord.«

»Hätt ich mir denken können … Hat euch Dr. Pfannmöller darauf angesetzt?«

»Klar doch.«

»Und, gibt es was Neues?«

»Allerdings. Gernot und Greta Hirsch waren ja ziemliche Querulanten.«

»Das ist mir auch schon zu Ohren gekommen.«

»Zu Ohren gekommen ist gut. Ihr müsst die beiden hier doch zur Genüge gekannt haben; die haben doch eine Anzeige nach der anderen erstattet.«

»Stimmt. Aber in den letzten sechs bis acht Wochen habe ich sie hier nicht mehr gesehen. Wahrscheinlich ist ihnen die Lust am Denunzieren vergangen. Es kam ja selten genug was dabei raus. Das Meiste, was die zur Anzeige gebracht haben, war an den Haaren herbeigezogener Mist.«

»Ganz so ist es nicht. Es war auch die ein oder andere größere Sache dabei. Außerdem war Hirsch in den letzten Wochen krank gewesen und ist vermutlich nur deshalb nicht dazu gekommen, Anzeige zu erstatten. Wir haben seine Aufzeichnungen aus diesen Wochen gefunden.«

»Waaas?«

»Ja, genau die. Deiner Reaktion entnehme ich, dass auch du den Schlüssel für die Morde noch immer dort vermutest.«

»Ich bin im Grunde überzeugt davon. Meine Wiesbadener Kollegen, die den Fall inzwischen völlig an sich gezogen haben, sehen das allerdings anders. Sie haben sich auf

Rainer Hirsch als wahrscheinlichen Täter eingeschossen und nicht mehr weiter nach den Unterlagen gesucht. Hast du sie denn dabei?«

»Nicht alle. Wir haben gestern Abend das Ganze schon mal durchgesehen und vorsortiert. Es sind einige Fälle übriggeblieben, die ein Motiv für die Morde enthalten könnten.«

»Na prima. Leider kann ich offiziell keine Paralleluntersuchung starten, deshalb nimmst du alles am besten wieder mit. Aber ich würde heute Abend gern zu euch nach Kelkheim kommen, mit euch alles durchgehen und mir selbst ein Bild davon machen. Wo habt ihr die Unterlagen denn gefunden?«

»Im Bettkasten. Aber hast du wegen deiner Nachtschicht heute Abend denn überhaupt Zeit?«

»Morgen und übermorgen habe ich frei.«

»Ihr bei der Kripo habt ein Leben wie im Schlaraffenland«, neckte Peter seinen Freund, und so ging das weiter, bis Kriminaloberkommissar Hans Heisslitz eintrat.

Peter begrüßte den Beamten herzlich, den er seit der Suchaktion vor fast zwei Jahren, als Verena entführt worden war, kannte.

»So, ich mach mich mal vom Acker«, sagte er dann. »Wenn euer Chef mich hier erwischt …«

»Tschüss bis heute Abend um sechs bei Stefan!«

Nachdem sein Freund das Büro verlassen hatte, setzte sich Claus wieder an seinen Schreibtisch und starrte gedankenverloren aus dem Fenster, bis Hans sagte: »Claus, du hast Feierabend. Willst du nicht nach Hause gehen?«

Claus Mergentheimer sah seinen Kollegen einige Sekunden lang an, dann sagte er bedächtig: »Doch, doch … aber vorher muss ich noch etwas im Archiv überprüfen.«

Der kann's nicht lassen, dachte Hans Heisslitz, während

er seinem Vorgesetzten nachsah, und schüttelte grinsend den Kopf. Er konnte nicht ahnen, dass Claus nachsehen wollte, welches die letzten Anzeigen waren, die Gernot Hirsch eingereicht hatte, und welche Maßnahmen von der Polizei eingeleitet worden waren. Denn alle Personen, die bereits Besuch von der Polizei bekommen hatten, konnten Peter und Stefan bei den Tatverdächtigen in die zweite Reihe setzen. Ihnen blieb nur noch das Motiv der blindwütigen Rache; die Absicht, eine Straftat zu vertuschen, fiel bei ihnen aus. Als Nächstes musste er dann die zu erwartende Strafhöhe ermitteln. Denn wer würde schon wegen einiger hundert Euro einen Doppelmord begehen?

Peter traf in Hattersheim ein, wo sein Vater, ein rüstiger Mittsiebziger, ein älteres Haus in der Rotenhofstraße besaß. Der ehemalige Landwirt hatte es gekauft, nachdem er seinen Bauernhof in Eddersheim aufgegeben und sich mit dem Verkaufserlös zur Ruhe gesetzt hatte. Wenn man das, was der alte Herr so trieb, überhaupt Ruhe nennen konnte. Wenn er nicht gerade in irgendeinem Raum Fliesen verlegte, grub er den riesigen Garten hinter dem Haus um, oder er war mit seiner Frau Dagmar gerade auf Reisen. Wenn man ganz viel Glück hatte, erwischte man ihn auch einmal, wenn er sich zwei oder drei Tage Ruhe gönnte. Aber das kam meist nur im Winter vor. Nur zuletzt hatte ihn eine heftige Grippe länger ans Bett gefesselt, doch inzwischen hatte er sich wieder einigermaßen erholt.

Peter hatte Glück. Er erwischte seinen Vater, gerade als der es sich mit einer Tasse Kaffee in der Frühlingssonne bequem machte.

»Hallo Papa!«, rief Peter grinsend, »du siehst wieder richtig fit aus. Viel jünger als achtzig!«

»Ich bin ja auch erst fünfundsiebzig«, antwortete Andreas Stettner zuerst empört, dann grinste auch er und drehte den Spieß um: »Na, mein Sohn, dann erzähl mal. Wo kommst du denn diesmal bei deiner Ermittlung nicht weiter?«

So viel Frechheit verschlug Peter erst einmal die Sprache. Gewiss, sein Vater hatte schon das ein oder andere Mal gute Ideen in ihre Ermittlungen eingebracht, aber dass er ihm das jetzt unter die Nase rieb? Nun, er war selbst schuld daran.

»Na, ganz so ist es ja nicht«, sagte er mild. »Aber wenn du willst, erzähle ich dir von unserem neuen Fall.«

»Ich bitte darum. Los, setz dich zu mir in die Sonne, trink einen Kaffee mit und berichte mir. Mutti kommt nachher auch raus.«

»Also gut«, sagte Peter, nahm auf dem Stuhl neben seinem Vater Platz und erzählte ihm in der nächsten halben Stunde von dem Doppelmord in Stefans Wohnanlage. Aber auch Andreas Stettner fiel nichts dazu ein, wie man die Ermittlungen vorantreiben könnte.

In der Zwischenzeit war Dagmar Stettner aus dem Haus gekommen und hatte das Mittagessen mitgebracht. Die riesigen, goldgelb panierten Schnitzel und die Bratkartoffeln dufteten so herrlich, dass Peter gar nicht anders konnte, er musste einfach mitessen.

Als er sich eine gute Stunde später von seinen Eltern verabschiedete, packte ihm seine Mutter kurzerhand ein Schnitzel und Bratkartoffeln für Sven ein, der in diesen Minuten aus der Schule kommen würde. Da Annika vermutlich bis in den späten Nachmittag hinein in Darmstadt zu tun hatte, war das natürlich sehr praktisch.

Gute drei Stunden später, es ging bereits auf siebzehn Uhr zu, begrüßten Stefan und Verena ihre Freunde und setzten sich mit ihnen ins Wohnzimmer, um auf Claus zu warten. Sven, der sich bei den beiden schon fast wie zu Hause fühlte, ging ins Kinderzimmer durch und setzte sich vor den Zweitfernseher. Auch wenn Annika nicht wohl dabei war, dass der Junge so viel vor der Glotze hing, war ihr das doch noch lieber, als wenn er zu viel Interesse für Peters Arbeit zeigte. Das würde ohnehin früh genug geschehen, denn welcher Junge wäre nicht gern Detektiv?

»Der Junge sieht mir in der letzten Zeit ein bisschen viel fern«, sagte Annika gerade, da läutete es auch schon.

Peter war froh, dazu keine Stellungnahme mehr abgeben zu müssen, denn ihm war klar, dass Sven seit Annikas Umzug nach Kelkheim ziemlich oft sich selbst überlassen blieb. Aber wie sollte es sonst gehen, wenn er ermittelte und Annika mit der Stiftung ihres verstorbenen Mannes zu tun hatte?

Vielleicht können wir den Jungen in irgendeinem Sportverein anmelden, dachte Peter gerade, da trat Claus gut gelaunt und wie immer deutlich zu früh ins Wohnzimmer.

»Hallo Leute«, grüßte er und fuhr fort, kaum dass er sich gesetzt hatte: »Ich weiß ja nicht, was ihr unternommen habt, aber ich war fleißig.«

»So?«, fragte Peter grinsend.

»Ich hab mal abgecheckt, welche Anzeigen von Gernot Hirsch bei uns gelandet sind und was daraus im Einzelnen geworden ist. Heute Morgen nach Feierabend bin ich noch mal ins Polizeiarchiv gegangen. Ich habe mir die Namen und Fälle herausgeschrieben, bei denen es zu Anzeigen, Verfahren oder sonstigen Konsequenzen für die denunzierten Leute kam. Die Fälle, bei denen Gernot Hirsch sich selbst bis auf die Knochen blamiert hat, und das kam oft genug vor, können wir erst mal getrost beiseitelegen und uns auf die anderen konzentrieren.«

»Das klingt schon mal gut«, meinte Verena. »Liefen denn alle Anzeigen über Hofheim?«

»Nein, die Ordnungswidrigkeiten wie Parkverstöße oder andere Kleinigkeiten haben das Ordnungsamt oder die Kollegen von der Kelkheimer Polizeistation bearbeitet. Erst wenn mehr daraus wurde, kamen die Vorgänge in Hofheim auf den Tisch.«

»Na, dann zeig schon her!«, rief Stefan ungestüm.

»Moment mal, ganz so einfach ist das nicht. Ihr könnt euch sicher denken, dass ich Auszüge aus Polizeiunterlagen, auch wenn sie nicht im Original sind, nicht so ohne Weiteres Außenstehenden überlassen kann. Dafür kann ich in Teufels Küche kommen; tut mir leid.«

»Schon klar«, sagte Peter, »aber wie gehen wir dann weiter vor?«

»Ganz einfach. Ich sehe mir eure Unterlagen an und vergleiche sie mit den Namen auf meiner Liste. Kommen Namen nur bei euch vor, können wir davon ausgehen, dass die betreffenden Vorfälle noch nicht zur Anzeige gebracht wurden. Da könnte es sich dann um eine Verdeckungstat handeln. Bei Namen, die auf beiden Listen auftauchen, wäre Rache das vordringliche Motiv. Welche Leute nicht auf meiner Liste stehen, kann ich euch ja ganz konkret benennen, bei den anderen gebe ich euch, sagen wir, einen unverbindlichen Tipp, mal genauer zu ermitteln. Dann habe ich nichts gesagt, und trotzdem wisst ihr Bescheid.«

»Okay, so gehen wir vor«, sagte Verena und schob Claus den ganzen Berg mit Gernot Hirschs Aufzeichnungen zu.

»Ach du meine Güte, das darf doch nicht wahr sein«, war alles, was Claus dazu einfiel.

Irgendwann gegen neun verabschiedete sich Annika, die Sven ins Bett bringen wollte, von den anderen. Sie musste all ihre Überredungskünste aufbringen, denn Sven trennte sich nur ungern von dem Actionstreifen, der gerade auf einem der privaten Kanäle lief.

Als die beiden gegangen waren, sagte Peter: »Auf die Dauer kann das so nicht weitergehen. Der Junge braucht Beschäftigung. Es ist ein Jammer, dass er keinerlei Spaß am Sport hat, sonst hätte ich ihn schon längst bei einem Sportverein angemeldet.«

»Ich wüsste da vielleicht was für euch …«, begann Claus, aber Verena, die gerade aus dem Kinderzimmer zurückkam, fiel ihm brüsk ins Wort: »Bitte mach weiter mit der Arbeit, Claus. Ich habe keine Lust, die ganze Nacht mit den Papieren des alten Hirsch zuzubringen.«

»Ich bin gerade fertig geworden«, sagte Claus grinsend.

»So schnell?«, fragte Peter verwundert.

»Was ich schon bei uns im Archiv gefunden hatte, brauchte ich ja hier nicht mehr zu lesen.«

»Dann lass mal sehen. Aber erst verrat mir bitte, was dir für Sven eingefallen ist.«

»Ganz einfach. In der Rhein-Main-Therme gibt es einen Schwimmclub für Kinder von acht bis fünfzehn. Die machen im Lehrschwimmbecken Wettbewerbe, plantschen aber auch mal einen Nachmittag lang im Spaßbad herum. Wäre das nicht etwas für Sven? Meine Tochter ist jedenfalls mit Feuereifer dabei und regelrecht sauer, wenn sie mal nicht hinkommt.«

»Klingt nicht schlecht. Was kostet der Spaß denn?«

»Zugegeben, beim Preis hört der Spaß dann auf. Der Monatsbeitrag liegt im Moment bei heftigen achtundneunzig Euro. Dafür ist meine Carola aber auch zwei Mal pro Woche so richtig ausgepowert. An diesen Tagen geht sie ohne zu meckern schon um acht Uhr schlafen.«

»Der Preis ist wirklich happig. Aber wenn der Junge so die nötige Bewegung bekommt, soll's mir recht sein. Er hat, seit er mit seiner Mutter zu mir gezogen ist, bedenklich zugenommen.«

»Das ist mir auch schon aufgefallen«, stimmte Claus zu. »So, nun aber zurück zu den Aufzeichnungen. Ich habe hier sechzehn Fälle herausgesucht, die höchstwahrscheinlich harmlos sind, aber überprüft werden sollten, und weitere fünf, die unbedingt einer Überprüfung bedürfen.«

»Das sind einundzwanzig. Wir sind auch auf zwanzig gekommen, also haben wir gut gearbeitet.«

»Kann man so sagen. Die sechzehn Fälle, die als Auslöser der Tat eher unwahrscheinlich sind, sind ausnahmslos zu Ungunsten Herrn Hirschs ausgegangen. Allerdings hat er den Leuten bis zur endgültigen Klärung so einiges an Verdruss bereitet. Es ist zwar kaum wahrscheinlich, aber es könnte immerhin sein, dass einer von ihnen ganz fürchterlich ausgerastet ist. Das habe ich euch allerdings nicht verraten. Ach – was soll's, ich gebe euch die Informationen, die ihr braucht. Geht aber bitte vertraulich damit um.«

»Das ist doch selbstverständlich!«, brauste Peter auf, und Stefan fuhr schnell in beschwichtigendem Ton dazwischen: »Claus, sag lieber, was ist mit den fünf anderen?«

»Die Anzeige gegen den Wirt der Gaststätte *Zum Bunker* liegt noch nicht vor, es könnte sich hierbei also um eine Verdeckungstat handeln. Den Privatmann, der die Hecke zurückschneiden sollte, den Arzt, gegen den wegen illegaler Rauschmittelabgabe ermittelt wurde, und den Handwerker, dessen Werkstattwagen aufgrund Hirschs Mängelanzeige stillgelegt wurde, haben die Anzeigen ziemlich heftig getroffen. Hier könnte Rache das Motiv sein.«

Stefan nickte, und Peter fragte: »Du hast vorhin etwas von einem weiteren Fall gesagt. Um was ging es da?«

»Der letzte Fall ist in meinen Augen recht interessant, weil er sich erst im Nachhinein als brisant herausgestellt hat. Aber das konntet ihr nicht wissen. Denn zuerst einmal handelt es sich um ein fast alltägliches Delikt, eine übersehene rote Ampel.«

»So?«, fragte Stefan beinahe enttäuscht, denn ihm war nicht klar, was daran interessant sein sollte.

»Der von Hirsch angezeigte Mann war nämlich bereits ohne Fahrerlaubnis unterwegs. Seinen Führerschein hatte er drei Wochen zuvor wegen Alkohol am Steuer für sechs Monate abgeben müssen.«

Sofort waren Stefan, Peter und Verena hellwach.

»Wie viel hat er denn für seinen erneuten Verstoß bekommen?«, fragte Stefan.

»Es hat sich rentiert. Letzte Woche kam es zur Gerichtsverhandlung, und es war bis zum Schluss nicht klar, ob es bei einer Geldstrafe bleibt oder ob er zu einer Bewährungsstrafe verurteilt wird. Der Richter sah dann in einer erhöhten Geldstrafe die bessere erzieherische Maßnahme und verurteilte ihn zu hundertfünfzig Tagessätzen. Da der Mann gut verdient, kam da ganz schön was zusammen. Außerdem muss er den Führerschein nun für drei Jahre abgeben, und auf den Gerichtskosten sitzt er auch noch. Von den Kosten für den Anwalt ganz zu schweigen. Das Schlimmste für den Mann ist aber, dass er als Handelsvertreter auf seinen Wagen angewiesen ist. Das heißt, er ist jetzt arbeitslos. Ich denke, das reicht als Motiv für Rache aus.«

»Absolut«, stimmte Peter zu, und auch Stefan gab ihm recht. Dann sagte er: »Kommt, lasst uns noch ein Bier zusammen trinken, dann machen wir Feierabend. Wenn wir alle diese Fälle überprüfen wollen, haben wir in den nächsten Tagen viel zu tun.«

Am nächsten Morgen frühstückten Peter, Annika und Sven mit Stefan und seiner Familie, und als Sven auf dem Weg in die Schule war, wurde es Zeit aufzubrechen.

»Stefan, sitz nicht so faul hierherum, es gibt noch viel zu tun«, sagte Peter grinsend, um dann ernst hinzuzufügen: »Hast du die Liste?«

»Klar doch.«

»Hast du die Adressen schon vorsortiert?«

»Sag mal, willst du mich ärgern? Das habe ich gestern Abend schon gemacht. Wir fangen in Liederbach an, machen in Hornau weiter, dann kommt die Stadtmitte dran und zum Schluss Münster. Die Adressen in Fischbach und Ruppertshain stehen auf der Liste mit den brisanten Fällen, und in Eppenhain haben wir gar nichts. Andere umliegende Gemeinden sind auch nicht betroffen. Die kommen erst dran, wenn wir gar nichts finden sollten. Denn bei den Parkverstößen, die wir hoffentlich nicht alle zu überprüfen brauchen, geht es größtenteils um auswärtige Fahrer.«

»Na, dann schwafel mal nicht lange rum, zieh dir endlich deine Jacke an und komm«, sagte Peter, und Stefan folgte seinem frechen Kollegen und Freund kopfschüttelnd.

Während die beiden Detektive nach Liederbach in die Heidesiedlung und dort in den Birkenweg fuhren, saß Rainer Hirsch der Verzweiflung nahe in seiner Gefängniszelle. Dr. Pfannmöller hatte seine liebe Mühe, ihn wieder halbwegs aufzurichten, und das wäre ihm erst recht nicht gelungen, hätte Hirsch geahnt, was seine Frau so hinter seinem Rücken trieb. Seine über alles geliebte Sarah hatte die Nacht wieder einmal nicht in ihrem Ehebett verbracht. Hätte er auch nur ansatzweise geahnt, dass Sarahs Liebhaber ihr inzwischen so sehr den Kopf verdreht hatte, dass sie bereit war, ihren Mann zu verlassen, er hätte sich in seiner Zelle erhängt. So aber verwarf er diesen Gedanken schnell wieder, und als der erfahrene Anwalt ihm seine Zuversicht zurückgegeben hatte, glaubte er fast schon daran, nach einem Freispruch seine Frau wieder in den Armen halten zu können.

Rainer Hirsch war so sehr in seine Gedanken und Sehnsüchte versunken, dass er gar nicht mitbekam, was sein Anwalt in den letzten Minuten zu ihm gesagt hatte.

Erst bei den Worten »… sind dabei, die Unterlagen Ihres Vaters zu überprüfen« tauchte er so langsam wieder auf.

»Was haben Sie gesagt?«

»Meine Detektive haben damit begonnen, die Unterlagen Ihres Vaters nach einem Mordmotiv zu durchsuchen.«

»Welche Unterlagen?«

»Wussten Sie denn nicht, dass Ihr Vater alles und jeden angezeigt hat, über den er sich ärgerte?«

»Macht er das immer noch? Ich dachte, nach seiner Therapie hätte das aufgehört.«

»Nein, wie es aussieht, war es schlimmer denn je. Allein aus den letzten acht Wochen liegen fast zweihundert Verstöße vor, die Ihr Vater zur Anzeige bringen wollte. Nur seine Hüfterkrankung hat ihn bei einigen daran gehindert.«

»So viele waren es? Dann hat meine Mutter ihm bestimmt wieder zugeredet weiterzumachen. Sie war darin fast noch schlimmer als er.«

»Ja, und darauf werde ich auch, falls meine Detektive

wider Erwarten den wahren Täter bis zum Prozessbeginn nicht finden sollten, meine Verteidigungsstrategie aufbauen. Dem ein oder anderen dieser Leute ist Ihr Vater bestimmt heftiger auf die Zehen getreten, als es nach außen den Anschein hat. Wenn wir Sie also nicht wegen erwiesener Unschuld hier herausbringen, dann wenigstens deshalb, weil berechtigte Zweifel an Ihrer Täterschaft bestehen. Das schaffen wir ganz bestimmt.«

»Ihr Wort in Gottes Ohr. In zwei Wochen beginnt der Prozess.«

»Zwei Wochen sind viel Zeit; da können die Detektive so einiges zutage fördern. Ich muss jetzt zurück in meine Kanzlei. Kopf hoch, das bekommen wir schon hin.«

»Aber wenn sie mich doch verurteilen?«

»Das halte ich für ausgeschlossen. Dazu haben die Wiesbadener Beamten zu einseitig ermittelt. Spätestens im Prozess zerreißen wir deren Ermittlungsergebnis in der Luft. So, jetzt muss ich aber wirklich los.«

Dr. Pfannmöller drückte seinem Gegenüber herzlich die Hand, dann verließ er schnell den Raum.

Auf dem Weg zum Auto dachte er: Es ist mir fast schon unangenehm, dem armen Teufel so viel Hoffnung gemacht zu haben. Wenn Peter und Stefan nichts finden, sieht es bei Weitem nicht so rosig für ihn aus, wie ich ihm eingeredet habe. Das Gericht davon zu überzeugen, dass sie den Falschen eingesperrt haben, dürfte kein Kinderspiel werden; dazu sind die Indizien gegen ihn einfach zu erdrückend. Aber hätte ich ihm reinen Wein einschenken und so seiner Verzweiflung preisgeben sollen?

Etwa zur gleichen Zeit kam Sarah Hirsch von einem Date mit ihrem Liebhaber zurück. Sie fühlte sich wie im siebten

Himmel, denn so wie er sie angesehen und geküsst hatte, war sie sicher, das große Los gezogen zu haben – das vor nicht allzu langer Zeit noch Rainer gewesen war. Aber nun nicht mehr. Gewiss, ihr Haus war wirklich große Klasse, und man konnte sogar sagen, es hatte das gewisse Etwas. Aber schon allein Rainers Ankündigung, dass, wenn das Kind da sei, die Zeit des Reisens und des Ausgehens erst einmal vorbei sei, sofern sie ihr Haus nicht verlieren wollten, hatte ihr den Spaß daran gründlich verdorben. Zumal sie als Tochter eines meist arbeitslosen Lagerarbeiters und einer kränklichen Putzfrau in Armut aufgewachsen war und nie wieder dahin zurückwollte.

Da war ihr neuer Freund doch ganz anders. Er war nicht nur charmant – das konnte Rainer schließlich auch sein –, er war auch großzügig. Aber vor allem verdiente er genug Kohle, dass ihnen auch zu dritt nicht gleich die Luft ausging. Da war es aus ihrer Sicht nur recht und billig, wenn sie mit fliegenden Fahnen das Lager wechselte.

Sarah Hirsch war im Grunde davon überzeugt, dass ihr Mann unschuldig war, deshalb hatte sie zu ihrem Liebhaber gesagt: »Ich bin ja kein Unmensch, deshalb warte ich so lange mit der Trennung, bis Rainer wieder frei ist. Und sollte er wider Erwarten doch der Täter sein und verurteilt werden, wird er erst recht einsehen müssen, dass ich mich von ihm scheiden lasse.«

In ihrer Euphorie und Verliebtheit fiel Sarah gar nicht auf, wie ihr Liebhaber sie so behutsam manipulierte, dass sie am Ende glaubte, es sei ihre Idee gewesen, so vorzugehen. Wenn ihr aber schon das nicht auffiel, wie erst hätte sie merken sollen, dass ihr neuer Freund sich weit über das normale Maß hinaus für den bevorstehenden Prozess, den Stand der Ermittlungen und nicht zuletzt für die Arbeit der Detektive interessierte? Für sie war er einfach nur der zärtliche und großzügige Liebhaber, auf den sie zeitlebens gewartet hatte und dem sie all ihre Liebe zu schenken bereit war.

Peter und Stefan standen noch in der Zeilsheimer Straße unweit des Münsterer Bahnhofs und diskutierten die Ereignisse des Tages.

Genau mit dem Gongschlag der Neunzehn-Uhr-Nachrichten im Autoradio sagte Stefan: »Ich hätte nicht gedacht, dass wir heute alle schaffen.«

»Kein Wunder, so richtig passt keiner von denen ins Schema.«

»Genau genommen passten sie bis auf Robert Huber überhaupt nicht. Die anderen hatten alle bombenfeste Alibis, und einen Grund, die Hirschs zu ermorden, hatte auch Huber nicht.«

Ganz im Gegenteil, auch wenn Huber wegen der vertanen Zeit noch immer stinksauer auf Hirsch war. Gernot Hirsch hatte einen gewaltigen Rüffel des Richters einstecken müssen, weil er das Gericht damit blockierte, einen Mann vor den Kadi zu zerren, der ihm bei einer Tanzveranstaltung auf den Fuß getreten war.

»Sollten wir nicht wenigstens überprüfen, ob Huber und seine Frau die letzten vier Wochen tatsächlich auf Teneriffa verbracht haben?«, fragte Stefan.

»Im Moment nicht«, meinte Peter. »Mein Gefühl sagt mir, dass sie dort waren.«

»Meins auch, aber … Na ja, machen wir Feierabend und sehen uns die brisanteren Fälle morgen an.«

»Nichts lieber als das«, antwortete Peter und startete den Wagen.

6.

In dieser Nacht hatte Stefan schlecht geschlafen und erwachte, obwohl er am Vorabend keinen Tropfen Alkohol
getrunken hatte, mit einem gewaltigen Brummschädel. Verena kannte ihren Mann lange genug, um zu wissen, dass
sein Kopf auf Unterforderung gelegentlich so reagierte.

Deshalb knuffte sie ihm provozierend in die Seite, nachdem sie ihm eine Kopfschmerztablette aufgelöst hatte, und
sagte schnippisch: »Na, um welche Häuser seid ihr denn
gestern noch gezogen?«

Stefan schnitt eine Grimasse. »Um die unserer Tatverdächtigen. Aber zehn Stunden lang immer wieder die
gleiche ermüdende Antwort zu bekommen, ist nicht von
Pappe. Ständig hieß es: Ich war verreist, bei den Eltern,
den Kindern, den Enkeln und was weiß ich noch. Alles
kinderleicht nachprüfbar. Keine Erfolge. Immer nur die
gleichen Antworten. Ich hätte dich sehen wollen, wenn du
diesen Marathonlauf hingelegt hättest.

»Nun ja, den hat wohl eher das Auto hingelegt, ihr beide
lauft ja keinen Schritt weiter als unbedingt nötig. Aber ich
versteh dich trotzdem. Wenn man den Eindruck hat, kein
bisschen voranzukommen, ist das …«

»Es war ja nicht nur das«, unterbrach Stefan sie. »Wenn
wenigstens mal einer gemeckert oder versucht hätte, uns
rauszuwerfen; aber nicht einmal dazu kam es.«

»Okay, dann lass uns frühstücken, sonst kommst du nie mehr zu deinen brisanten Fällen. Das ist es doch, was du jetzt brauchst.«

»Stimmt haargenau«, sagte Stefan und biss noch etwas mürrisch in das Brötchen, das Verena ihm belegt hatte. Dennoch merkte man schon, dass die Energie, die ihn zum Weiterermitteln trieb, bereits wieder Besitz von ihm ergriff.

Eine Viertelstunde später kam Peter vorbei, um Stefan abzuholen, und die Kopfschmerzen, die auch durch die Tablette kaum besser geworden waren, lösten sich augenblicklich in Wohlgefallen auf. Als Stefan sich mit einem leidenschaftlichen Kuss von Verena verabschiedete, war er bereits wieder ganz der Alte.

»Na, wen beglücken wir denn als Erstes?«, fragte er, als er zu seinem Freund ins Auto stieg.

»Wir fahren zum Wirt des Lokals *Zum Bunker*, in der Hauptstraße.«

»Meinst du, wir treffen ihn jetzt an?«

»Ich denke schon. Schließlich hatte er bis Mitternacht sein Lokal geöffnet, und danach musste er noch aufräumen. Ich denke, er schläft noch.«

»Ob er uns aufmacht?«

»Wenn wir lange genug klingeln, bestimmt«, sagte Peter grinsend und startete den Wagen.

Nur wenige Augenblicke später waren sie vor dem Lokal angekommen, das keine hundert Meter von Peters Haus entfernt war. An der Haustür gab es drei Klingelknöpfe. Am untersten stand »Gaststätte«, am mittleren »Fislavic«, das war bestimmt der Schwiegersohn. Ganz oben stand »Ivan Degovic«, der Name des Wirtes. Peter konnte es nicht lassen, er hämmerte auf die Klingel ein, als wollte er sie kaputt machen.

Nach einigen Sekunden wurde im zweiten Stock ein Fenster aufgerissen, und der Wirt, den Peter vom Sehen kannte, lehnte sich weit heraus.

»Was ist?«, fragte er ungehalten, und es war, als entspannte er sich etwas, als er Peter erkannte.

»Wir kommen wegen Herrn Hirsch, der Sie anzeigen wollte!«, rief Stefan unbedacht hinauf.

Das hätte er besser nicht getan, denn kaum hatte er den Satz beendet, da ergoss sich bereits ein heftiger Wasserschwall von oben herunter. Stefan konnte gerade noch zur Seite springen, aber Peter bekam alles ab und stand wie ein begossener Pudel vor der Haustür des Wirts und bebte vor Zorn.

»Wollen Sie unbedingt noch eine Anzeige wegen Körperverletzung haben?«, schrie er zum Wirt hinauf, dem inzwischen klar war, dass er eine Dummheit begangen hatte.

»Ich komme runter!«, rief Ivan Degovic deshalb schnell, und es ging erstaunlich schnell, bis der korpulente Gastwirt in der Haustür erschien.

»Entschuldigen Sie, war nicht so gemeint«, sagte er verlegen grinsend, und Peter, der auch schon wieder schmunzeln konnte, meinte: »Ist ja nichts passiert. Das bisschen Wasser trocknet wieder. Aber dafür beantworten Sie jetzt unsere Fragen.«

»Ja, kommen Sie rein«, sagte Degovic und führte die beiden in die Gaststube.

Als Entschädigung bekamen beide einen Mokka auf Kosten des Hauses, und Peter, der seine vor Nässe triefende Jacke ausgezogen hatte, wurde ein Handtuch für den Kopf gereicht.

»So, was wollen Sie von mir?«, fragte Degovic und starrte Peter und Stefan einige Sekunden lang an. Dann sagte er bedächtig: »Ich kenne Sie. Sie wohnen weiter unten in der Hauptstraße und sind Detektive. Stimmt's?«

»Stimmt«, bestätigte Peter.

»Hat dieser dumme Mensch Forderungen an mich, und Sie sollen sie eintreiben?«

»Nein, Detektive treiben im Allgemeinen keine Forderungen ein.«

»Was wollen Sie dann?«

»Es stimmt zwar, dass Gernot Hirsch Sie anzeigen wollte, dazu kam es aber nicht mehr.«

»Aber was wollen Sie dann?«, wiederholte der Gastronom seine Frage.

»Gernot Hirsch wurde ermordet.«

Das hatte gesessen.

»Jesus Maria, der wurde umgebracht? Ich fasse es nicht. Arbeiten Sie für die Polizei?«, begann Degovic, und Peter sagte ruhig: »Nein, wir sind, wie Sie wissen, Privatdetektive und arbeiten für den Anwalt von Hirschs Sohn. Im Gegensatz zu uns hält die Polizei ihn für den Mörder. Nun überprüfen wir alle Leute, die mit Hirsch im Streit lagen. Wir haben allerdings einen guten Kontakt zur Polizei, und wenn Sie nicht mit uns reden wollen …«

»Doch, doch, ich rede mit Ihnen, ich sage, was ich weiß«, unterbrach ihn der sichtlich schockierte Wirt und ließ sich schwer auf einen Stuhl fallen, der unter ihm ächzte und knarrte.

»Wann ist es passiert?«

»Letzten Samstag, am Nachmittag.«

»Das ist gut«, sagte der Wirt erleichtert, und als die beiden ihn fragend ansahen, fügte er erklärend hinzu: »Am

Samstagmittag ist das Lokal geschlossen, und am Abend macht mein Schwiegersohn die Arbeit erst mal allein. Da unternehme ich meistens etwas mit meinem Enkelsohn. Am vergangenen Samstag war ich mit ihm in einem Freizeitpark. Sie können den Jungen fragen.«

»Wo waren Sie, in welchem Park?«

»Bei Freiburg.«

»Haben Sie Zeugen dafür?«

»Meinen Enkel. Ach ja, und den Wachmann, vom Parkplatz. Ich habe einen, äh … Pfosten angefahren. Es gab einen kleinen Streit.«

Du bist ja ein richtiger Hitzkopf und scheinst gern zu streiten, dachte Peter und fragte: »Um wie viel Uhr war das?«

»Halb eins. Wir sind ein bisschen spät losgefahren, und bei Karlsruhe war Stau. Deshalb hab ich in der Hektik ja den Pfosten erwischt. Um eins waren wir an der Kasse.«

»Kann das jemand bezeugen?«

»Klar, der Mann vom Parkplatz, aber auch die Polizei. Der Mann hat sie geholt und gesagt, wenn er das nicht tut, bekommt er Ärger. Hier ist das Protokoll.«

Bei diesen Worten drehte der Wirt sich um und nahm das Polizeiprotokoll vom Tresen, wo es bereits die ganze Zeit gelegen hatte.

Als er bemerkte, dass Peter ihn verwundert ansah, meinte er grinsend: »Gestern Abend war ein Freund bei mir zu Besuch. Ich hab es ihm gezeigt, und dann haben wir einen getrunken. Seitdem liegt es da.«

Dann reichte er Peter das Blatt.

Da stand es schwarz auf weiß. Der Wirt hatte um zwölf Uhr zwanzig den Begrenzungspfosten umgemäht, um kurz nach halb war die Polizei vor Ort, und als die Beamten um zehn nach eins wieder fuhren, hatte Ivan Degovic gerade das Protokoll unterschrieben. Das hieße: Um den Mord vor halb vier, als Rainer Hirsch beim Haus gesehen wurde, überhaupt begehen zu können, hätte der Gastwirt die zweihundertfünfzig Kilometer zurück fast schon fliegen müssen. Mit seinem schwachbrüstigen und reichlich altersschwachen Opel Corsa war das nahezu unmöglich zu schaffen. Außerdem hatte er seinen Enkel dabei.

Es sei denn, es handelte sich um einen Auftragsmord … dachte Peter einen Moment lang, verwarf den Gedanken aber schnell wieder, denn dazu wirkte die Tat einfach zu improvisiert.

Offensichtlich waren Stefans Gedanken in eine ähnliche Richtung gegangen, denn kaum hatten beide das Protokoll überflogen, da stand er auf und sagte: »Danke, Herr Degovic, dass Sie uns so bereitwillig Auskunft gegeben haben. Ich denke, das war's fürs Erste. Falls noch Fragen auftauchen, dürfen wir uns erneut an Sie wenden?«

»Aber natürlich. Das ist mir lieber, als wenn die Polizei hier herumläuft. Dann zeigen alle mit dem Finger auf mich und sagen Jugo-Mafia.«

Ich kann ihn verstehen, dachte Peter, als sie hinausgingen, und als sie beim Auto ankamen, fragte Stefan: »Willst du zuerst nach Hause gehen und dich umziehen, oder geht es so?«

»Ich denke, das muss nicht sein. Das meiste Wasser hat meine Jacke abgefangen. Fahren wir lieber gleich zu Herrn Baumann. Wo wohnt der eigentlich?«

»Die Straße heißt *Am Berg*.«

»Prima, das ist nicht weit.«

Wenige Minuten später waren sie in der ruhigen Anliegerstraße, die zum Teil mit recht noblen Bungalows bebaut war, angekommen. Sie hatten Glück, denn Herr Baumann schien bereits Rentner zu sein und war zu Hause. Er arbeitete im weitläufigen Garten seines Einfamilienhauses, eines schönen Walmdachbungalows von beachtlichen Ausmaßen. Offensichtlich beseitigte er gerade die letzten Spuren seiner illegal verlängerten Garage.

»Guten Tag, Herr Baumann, darf ich Sie etwas fragen?«, rief Peter ihm schon von Weitem zu.

Der Mann, der die sechzig vermutlich noch nicht erreicht hatte, sah widerwillig von seiner Arbeit hoch und knurrte: »Nein, ich brauche keinen Staubsauger und auch keine Zeitung, scheren Sie sich zum Teufel!«

»Ich will Ihnen auch gar nichts verkaufen, sondern nur einige Fragen zur Ermordung von Gernot Hirsch stellen«, begann Peter das Gespräch geschickter.

Wer weiß, vielleicht hätte der Mann sonst seinen Spaten nach ihm geworfen.

Stattdessen fragte Herr Baumann, der in gebückter Haltung ein Loch grub, um einen Rosenstrauch zu pflanzen, nur: »Ermordung?«

Dann kam er zögerlich näher.

»Ja, Gernot Hirsch und seine Frau sind am vergangenen Samstag ermordet worden. Das hat aber bereits in der Zeitung gestanden. Sie hätten es lesen müssen.«

»Wer sagt Ihnen, dass ich überhaupt Zeitung lese?«, sagte der Mann erst scharf, um dann zu erklären: »Ja, da war was. Aber ich hätte das Ehepaar H. nie mit den Hirschs in Verbindung gebracht. Zumal keine Adresse genannt war und ich den Artikel nur nebenbei, beim Frühstück, gelesen habe.« Dann hielt der Mann, der über diese Nachricht sichtlich schockiert war, kurz inne und stammelte: »Das habe ich nicht gewollt.«

»Wie, was?«, fragte Peter, und Stefan präzisierte: »Was wollten Sie nicht?«

Erst druckste der Rentner etwas herum, dann sagte er: »Als diese Irren mir wegen meiner ungeschnittenen Hecke die Behörden auf den Hals hetzten und diese ganz nebenbei feststellten, dass meine Garage um drei Meter zu lang ist, habe ich mächtigen Ärger bekommen. Dass mich das nicht kalt ließ, können Sie bestimmt verstehen. Wenige Tage nach der Abrissverfügung begegnete ich dem Ehepaar im Ort, als sie gerade Parksünder ablichteten, und habe die beiden zugegebenermaßen ziemlich wüst beschimpft. Unter anderem sagte ich zu ihnen, ich wünschte, dass mal einer kommt, der den Mumm hat, sie abzumurksen.«

»Aber gemacht haben Sie es nicht?«

»Ich?«

»Ja, Sie.«

»Nein, ganz bestimmt nicht! Stimmt es, dass seine Frau auch ermordet wurde?«

»Ja, beide.«

»Nie im Leben könnte ich einer Frau etwas antun; obwohl diese hier ganz offensichtlich die treibende Kraft war … Wann und wie ist es denn passiert?«

»Die Hirschs wurden am vergangenen Samstagnachmittag in ihrer Wohnung erschossen.«

»Noch ein Grund mehr, dass ich es nicht gewesen sein kann. Vielleicht ist Ihnen aufgefallen, dass ich nur mit dem linken Arm arbeite?«

Bis zu diesem Augenblick war es weder Stefan noch Peter bewusst geworden, aber nun, da sie genau hinsahen, erkannten sie, dass dem tatsächlich so war.

»Ja«, bestätigte Peter. »Warum ist das so?«

»Seit einem Motorradunfall vor vier Jahren ist mein

rechter Arm praktisch unbrauchbar. Sonst wäre ich mit fünfundfünfzig Jahren auch noch nicht in Rente. Sie sehen also, ich bin recht leicht zu überwältigen. Glauben Sie, unter solchen Umständen würde ich so eine Tat wagen?«

»Danke erst mal. Sollten weitere Fragen auftauchen, dürfen wir Sie noch einmal befragen?«

»Aber klar. Was sind Sie eigentlich, Polizisten?«

»Nein.«

»So sehen Sie auch nicht aus.«

»Das haben Sie gut beobachtet, wir sind Privatdetektive. Wir arbeiten für Rainer Hirsch, den Sohn der Ermordeten, der unter Tatverdacht steht.«

»Die hatten einen Sohn? Der kann einem echt leidtun. Bei solchen Eltern hatte er bestimmt nichts zu lachen. Na ja, jetzt hat er es hinter sich, und Sie sehen so aus, als ob Sie es schaffen, den wahren Täter zu finden – wenn er es nicht doch war. Verdenken könnte ich es ihm nicht. So, jetzt muss ich aber weiterarbeiten, tschüss.«

Der Mann hatte den Satz noch nicht richtig beendet, da drehte er sich auch schon um und ging zu seiner Pflanzung zurück.

»Was hältst du denn von dem?«, fragte Peter auf dem Rückweg zum Auto.

»Der war's nicht.«

»Das denke ich auch. Er hat zwar die nötige Portion Wut im Bauch, aber schon allein wegen seines Arms hätte der eher aus dem Hinterhalt geschossen. Ich kann mir nicht vorstellen, dass er sich mit dieser Behinderung in die Höhle des Löwen wagt.«

»Wenn die Behinderung wirklich echt ist, sehe ich das auch so«, stimmte Stefan, »aber wir sollten es zur Sicherheit überprüfen.«

In diesem Moment kam der Briefträger und läutete bei Baumann. Stefan und Peter blieben stehen, um die Szene zu beobachten, und sahen, wie Baumann mit der linken Hand ein Taschentuch aus der Hosentasche zog und sich umständlich die linke Hand säuberte. Sein rechter Arm baumelte dabei unkontrolliert am Körper herunter. So etwas konnte man kaum spielen. Als sie dann den Postboten auch noch fragen hörten, ob denn für Baumanns rechten Arm gar keine Hoffnung mehr auf Besserung bestehe, stiegen sie ein. Denn es war ihnen klar, dass Baumann nicht simulierte.

Während Peter das Auto startete, fragte Stefan: »Ob wir so den Mörder überhaupt finden?«

»Darüber mache ich mir erst Gedanken, wenn wir alle überprüft haben und keiner dabei ist, bei dem sich ein genaueres Hinsehen lohnt. Los, fahren wir zu diesem Arzt nach ... Wo wohnt der noch mal?«

»In Ruppertshain.«

»Also auf nach Ruppsch«, sagte Peter im ortsüblichen Dialekt.

Gegen Mittag waren die beiden Detektive zwar hungrig, aber noch kein bisschen schlauer. Denn der Arzt schied als möglicher Täter noch eindeutiger aus als die beiden Männer zuvor. Ihn hatte die Anzeige Gernot Hirschs zwar noch heftiger getroffen, dennoch hatte sich für ihn alles zum Besseren gewandt.

Die Beschuldigung, er gebe ohne Rezept und gegen üppige Bezahlung Rauschmittel an Süchtige ab, hatte sich zwar nach gründlicher Überprüfung durch die Kriminalpolizei als haltlos erwiesen, dennoch waren dem Arzt in der Folge die Patienten weggeblieben, sodass er seine Praxis hatte schließen müssen. Was im ersten Moment wie ein hervorragendes Motiv aussah, war aber bei genauerem Hinsehen keines, kam die Schließung für den Mediziner doch genau im rechten Augenblick.

Denn er war vor einigen Jahren in die Praxis seines Vaters mit eingestiegen und hatte sie, als dieser krank wurde, ihm zuliebe übernommen. Leider wusste er nicht, wie er dem alten Herrn begreiflich machen sollte, dass die Praxis ihn nicht annähernd so zufriedenstellte wie seinen Vater. Viel lieber wäre er in die Forschung gegangen. Er hatte sogar schon ein lukratives Angebot eines Pharmakonzerns vorliegen, allerdings keine Ahnung, wie er seinen Angehörigen den Umzug nach Karlsruhe verkaufen sollte. Das hatte sich nun, dank Herrn Hirschs Attacke, von selbst erledigt. Inzwischen saßen sie auf gepackten Koffern, und der Möbelwagen würde in wenigen Tagen anrücken.

Somit lieferte auch Adresse Nummer drei keinerlei Anhaltspunkte dafür, wer denn nun Gernot und Greta Hirsch ermordet haben könnte.

Da man nach der Firmenphilosophie der beiden Detektive mit leerem Magen nur sehr schlecht denken konnte, fuhren sie kurzerhand nach Fischbach zurück und beschlossen im alten Ortskern essen zu gehen. Erst danach würden sie den nun arbeitslosen Handwerker in der Staufenstraße aufsuchen.

In einem Lokal in der Langstraße kehrten sie ein, und gegen vierzehn Uhr machten sie sich auf den Weg, um den Bauschreinermeister Herbert Donnert zu besuchen, der nun, da er keinen Werkstattwagen mehr besaß, seiner Arbeitsmöglichkeit beraubt war.

Herbert Donnert empfing die Detektive, obwohl es noch früh am Tag war, bereits leicht lallend und mit deutlicher

Alkoholfahne. Dem Geruch nach hatte er zuletzt Ouzo in nicht gerade geringen Mengen konsumiert. Tatsächlich standen, als er sie in sein Wohnzimmer führte, drei leere Ouzoflaschen auf dem ansonsten aufgeräumten Tisch. Dafür herrschte im übrigen Zimmer ein Chaos, das kaum zu überbieten war. Zwei Sitzplätze räumte der Mann frei, indem er zwei Sessel mit einer energischen Handbewegung von der Schmutzwäsche befreite, mit der sie über und über behängt waren.

Glücklicherweise bemerkte er selbst, dass es im Zimmer stank wie in einer Dorfkneipe, und öffnete das Fenster, bevor er sich wieder auf seinem Sofa niederließ.

»Tut … tut mir leid, wenn's hier nicht so … so aufgeräumt aussieht wie bei Ihnen zu Hause. Vor … vor drei Tagen hat mich meine Frau verlassen. Seitdem bin … bin ich am Saufen. Setzen Sie sich doch.«

Das hast du bestimmt schon vorher getan, dachte Stefan und sah sich angewidert im Raum um, bevor er zu Peter hinsah, der vermutlich das Gleiche dachte.

Denn Peter nickte Stefan fast unmerklich zu, was so viel bedeutete wie: Lass ihn reden, das wird das Beste sein.

Notgedrungen nahmen die Detektive auf den vorderen Sesselkanten Platz und sahen den Mann an, der nicht einmal auf die Idee kam zu fragen, was sie von ihm wollten. Stattdessen zauberte er eine weitere Ouzoflasche hervor und nötigte seinen beiden Gästen je ein riesiges Glas voll auf. Kurz darauf begann er unaufgefordert, sich seinen Kummer von der Seele zu reden.

»Meine Geschäfte gingen schon seit einiger Zeit nur so … so einigermaßen. Mei… meine Frau und ich hatten aber immer unser Auskommen. Auch wenn sie immer rumgemeckert hat, dass ich keine Rücklagen bilde. Ich …

ich frage Sie, wovon denn? Ent… entweder Rücklagen oder Leben. Ich … ich konnte ja nicht ahnen, dass so ein daher… daher… dahergelaufener Simpel am TÜV-Stempel von meinem Lieferwagen rumkratzt. Als die Behörden mir erst mal meinen Wagen stillgelegt hatten, ging alles ganz schnell. Ich… ich hab kein Geld mehr von der Bank bekommen und konnte die viertausend Euro für die Reparatur nicht aufbringen. Also war der Wagen ein Fall für den Schrotthändler. Damit hatte ich bereits eine Hälfte meiner Werkstatt verloren. Den An… Anhänger durfte ich nicht auf der Straße stehen lassen. Was sollte ich also damit machen? Ich hab ihn verkauft. Da war die ganze Werkstatt futsch. Mit dem Erlös bin ich erst mal einen trinken gegangen. Gut, in den letzten vier, fünf Wochen hab ich zu viel getrunken, aber musste meine Frau dann gleich weglaufen?«

»Nein«, stimmte Peter ihm zu, um ihn bei Laune zu halten, und auf einmal kam es dem Handwerker in den Sinn zu sagen: »Sie sehen, bei mir ist nichts zu holen.«

Ach, er hält uns für Leute von einem Inkassobüro oder gar für Gerichtsvollzieher, schoss es Stefan durch den Kopf, da fragte Herbert Donnert auch schon misstrauisch: »Wer sind Sie denn eigentlich?«

»Wir arbeiten für den Anwalt Dr. Pfannmöller …«

Mehr konnte Stefan gar nicht sagen, bevor ihn der Schreinermeister brüsk unterbrach: »Ach, will meine Frau sich scheiden lassen? Das ging aber schnell.«

»Wir kommen nicht im Auftrag Ihrer Frau.«

»In … in welchem denn sonst?«, fragte der Mann verunsichert, der inzwischen einen erstaunlich nüchternen Eindruck machte.

»Wie gesagt, wir arbeiten für Herrn Dr. Burkhard Pfannmöller«, erklärte nun Peter. »Er ist der Anwalt von Rainer Hirsch.«

»Hirsch … Hirsch, so hieß doch der …« Donnert fuhr zornig von seinem Sofa hoch und trat einen Schritt auf seine beiden Besucher zu; dann aber schienen ihn jäh die Kräfte zu verlassen, deshalb ließ er sich langsam auf die Couch zurücksinken und fragte weinerlich: »Sie haben mir doch schon alles genommen, meine Firma, meine Frau und meine Selbstachtung. Was wollen Sie denn noch?«

»Wissen, seit wann Sie so saufen.«

»Dafür kann ich nicht belangt werden!«

»Das will auch niemand. Der Mann, der Ihnen diese Schwierigkeiten bereitete, hieß Gernot Hirsch und wurde, zusammen mit seiner Frau, am vergangenen Wochenende ermordet.«

»Wollen Sie mir das auch noch anhän… Wann war das, sagten Sie?«

»Am vergangenen Samstag, zwischen vierzehn Uhr und fünfzehn Uhr dreißig.«

»Dann kann ich es nicht gewesen sein«, sagte Donnert sichtlich erleichtert, als traute er seinem eigenen Gedächtnis nicht so recht, »da war meine Frau noch bei mir.«

»Wie meinen Sie das?«

»Sie hat mich erst am Montagmorgen nach einer äh … Handgreiflichkeit verlassen«, gestand er verlegen. »Am Samstag war ich kaum ansprechbar, da ich die Freitagnacht durchgemacht und nahezu den gesamten Samstag kaum bewegungsfähig im Bett verbracht habe. Fragen Sie meine Frau, sie kann es bestätigen. Sie wohnt zurzeit bei ihren Eltern in Königstein. Im Hainholzweg.«

»Ja, das werden wir tun«, bestätigte Peter und schüttete den dritten Ouzo, den der Mann ihm gerade eingeschenkt hatte, genauso unauffällig wie schon den letzten in den Pflanzenkübel mit der verdorrt aussehenden Palme neben seinem Sessel.

Kurz darauf verabschiedeten sich die beiden Detektive, und draußen atmeten sie erst einmal tief durch, dann sagte Peter mitleidig: »So schnell kann's gehen. Donnert ist ein armer Hund.«

»Ja, das ist er. Es wäre schade, wenn ausgerechnet er der Täter wäre, auch wenn er bislang das stärkste Motiv hat. Was meinst du, kommt seine Frau zu ihm zurück?«

»Glaube ich nicht.«

»Das wäre schlecht für ihn. Denn ohne seine Frau kriegt der nie und nimmer die Kurve. Aber glaubst du, dass er es war?«

»Nein. Dennoch sollten wir zur Sicherheit mit seiner Frau sprechen.«

»Könnte das nicht Burkhard machen?«

»Du hast recht, Stefan, so machen wir es. Jetzt fahren wir erst einmal zu unserer letzten Adresse auf der Liste. Das war, soweit ich weiß, auch hier in Fischbach. Oder?«

»Sogar hier in der Straße. Nur ein Stück weiter den Berg hinauf.«

»Da könnten wir ja hinlaufen.«

»Das ist nach der abgestandenen Luft in Donnerts Wohnzimmer gar kein schlechter Vorschlag.«

Stefan und Peter ließen das Auto vor Herbert Donnerts Wohnhaus stehen und schlenderten die wenigen hundert Meter weiter.

Plötzlich sagte Stefan: »Du, da drüben, das ist es. Der lebt aber nicht schlecht.«

Tatsächlich hatte auf der gegenüberliegenden Straßenseite ein riesiges, mit mannshohen Sträuchern eingewachsenes Grundstück die passende Hausnummer. Durch das offen stehende Hoftor erkannten sie einen prächtigen Bungalow, der seinesgleichen suchte. Gleich nebenan stand die Doppelgarage, die selbst die Ausmaße eines kleinen Reihenhauses hatte, und davor parkten ein Porsche und ein Jaguar.

Ohne Scheu betraten Stefan und Peter das Grundstück und gingen den gut und gern zwanzig Meter langen Weg bis zur Haustür. Peter läutete, und drinnen ertönte ein Gong, von dem man nicht sagen konnte, ob er mechanisch oder elektronisch erzeugt worden war. Auf jeden Fall klang er majestätisch.

Es dauerte nur wenige Sekunden, dann öffnete ihnen ein stämmiger Mann im dunkelblauen Nadelstreifenanzug und fragte: »Was wünschen Sie, meine Herren?«

»Wir wollen zu Herrn Walter Hornberger.«

»Das bin ich. Was wünschen Sie?«

»Wir arbeiten für Herrn Dr. Pfannmöller, den Anwalt von Rainer Hirsch …«

Peter hatte den Satz noch nicht richtig beendet, da schnellte auch schon die massige Faust des Mannes vor und traf ihn so unglücklich am Kinn, dass er wie ein nasser Sack zu Boden ging. Das konnte Stefan so nicht durchgehen lassen. Er wirbelte zu Walter Hornberger herum, und seine Handkante traf den Handelsvertreter heftig in die Seite.

Aus Peters Lippe quoll Blut, dennoch kam er für seine Leibesfülle erstaunlich schnell wieder auf die Beine und bekam so gerade noch mit, wie Stefan den Rüpel mit einem Tritt aus der fernöstlichen Trickkiste in Sekundenbruchteilen endgültig außer Gefecht setzte.

In diesem Moment trat eine elegant gekleidete Frau Anfang dreißig an die Haustür, doch als sie ihren Mann am

Boden liegen sah, begann sie hysterisch zu schreien, trat einen Schritt zurück und schlug die Haustür zu.

Peter, der inzwischen ein Taschentuch auf die blutende Lippe gepresst hatte, zischte Stefan zu: »Ruf schnell Claus an, das hier könnte mächtigen Ärger geben!«

Stefan hatte bereits sein Handy am Ohr. Er erklärte dem Kriminalbeamten, was vorgefallen war, und Claus versprach, sich mit der Kelkheimer Polizei in Verbindung zu setzen. Außerdem wollte er selbst sofort in Richtung Fischbach aufbrechen. Denn dass Frau Hornberger inzwischen auch die Polizei benachrichtigt hatte, war zu erwarten.

Genau so war es denn auch. Nicht einmal zehn Minuten nach Stefans Telefonat kam, gerade als Hornberger das Bewusstsein wiedererlangte, ein Polizeiwagen mit Blaulicht und eingeschaltetem Martinshorn angerast. Er hielt mit quietschenden Reifen direkt vor dem Anwesen. Die beiden uniformierten Polizisten der Kelkheimer Station stiegen aus und kamen mit entsicherten Pistolen auf Peter und Stefan zugerannt.

Als sie bei ihnen angekommen waren, fragten sie Walter Hornberger, der noch immer ziemlich mitgenommen auf dem Boden saß: »Sind das die Eindringlinge?«

»Ja.«

»Wir bekamen gerade einen Anruf aus Hofheim, von Kriminalhauptkommissar Mergentheimer. Er sagte uns, dass Sie mit seinem Wissen hier sind. Stimmt das?«, fragte der Ältere der Beamten Peter.

»Ja«, presste Peter, der aufgrund der aufgeplatzten Lippe noch immer nicht richtig sprechen konnte, hervor und wollte noch etwas hinzufügen, aber der Polizist brachte ihn mit einer energischen Handbewegung zum Schweigen.

Dann sagte er: »Herr Mergentheimer wird auch gleich

hier sein, dann reden wir weiter. Bis er da ist, sind Sie für uns nichts weiter als gewöhnliche Einbrecher. Geben Sie mir mal Ihre Ausweise, meine Herren.«

Als Peter in die Innentasche seiner Jacke fassen wollte, um den Personalausweis hervorzuholen, rutschte sein Sakko zurück. Dabei wurde das Schulterholster samt der darin befindlichen Waffe sichtbar. Ehe Peter sich's versah, waren die beiden Beamten herbeigesprungen und hatten ihn so fest im Polizeigriff auf den Boden gedrückt, dass er sich nicht mehr bewegen konnte.

»So, Freundchen, jetzt hast du ausgespielt«, raunte der Ältere der beiden Beamten ihm gerade zu, da kam Claus im Eilschritt durch das Gartentor gerannt.

Er hielt den Kollegen seinen Polizeiausweis entgegen und meinte: »Sie können den Mann ruhig loslassen.«

»Er ist bewaffnet!«

»Er ist mir persönlich bekannt und berechtigt, eine Waffe zu tragen.«

»Ist er einer von uns?«, fragte der jüngere Beamte erschrocken.

»Das nicht gerade, aber die Herren sind Privatdetektive und arbeiten im Auftrag von Dr. Pfannmöller, dem bekannten Strafverteidiger.«

Das zog, denn Dr. Pfannmöller war den beiden ein Begriff. Der Name des Anwalts, der erst nach seiner Rückkehr in den Taunus vom Wirtschaftsjuristen zum Strafverteidiger umgesattelt hatte[2], war fast jedem Polizisten im Rhein-Main-Gebiet geläufig. Schließlich gab es hier kaum eine Polizeistation, auf der noch kein Beamter bei einem seiner Prozesse als Zeuge ausgesagt hatte. Mit ihm legte sich

---

2   Vgl. Die Taunus-Ermittler Band 2 – Spuren

niemand unnötig an, denn er galt als verdammt scharfer Hund. Auch Walter Hornberger staunte nicht schlecht, als die beiden Beamten Peter unverzüglich los- und aufstehen ließen.

»Herr Stettner, wer hat Sie denn so zugerichtet?«, fragte Claus. Wie immer bei offiziellen Anlässen siezte er Peter.

»Das war Herr Hornberger«, erklärte Stefan, da Peter noch immer etwas Schwierigkeiten beim Sprechen hatte. »Mein Kollege sagte nur: Wir kommen im Auftrag von Dr. Pfannmöller, dem Anwalt von Rainer Hirsch, da schlug der Mann auch schon zu.«

»Ja, beim Namen Hirsch bin ich ausgerastet«, gab Hornberger unumwunden zu. »Dem Typen habe ich es zu verdanken, dass ich vom Vermögen meiner Frau leben muss und zudem meinen Führerschein auf Jahre hinaus los bin.«

»Rainer Hirsch wohl kaum.«

»Wieso?«

»Das ist der Sohn von Gernot und Greta Hirsch. Er sitzt zurzeit in Untersuchungshaft, denn ihm wird vorgeworfen, seine Eltern ermordet zu haben«, klärte Claus den Vertreter auf.

»Ach so?«, sagte Walter Hornberger verlegen, und Stefan bestätigte es ihm.

»Dann muss ich mich wohl bei Ihnen entschuldigen«, sagte der Handelsvertreter mit der reichen Frau und bat alle ins Haus, denn schließlich müsse man ja kein Schauspiel für die Nachbarn abgeben.

Als Stefan und Peter eine gute Stunde später bei den Hornbergers aufbrachen, waren sie genauso schlau wie vorher. Es hatte sich herausgestellt, dass Herr und Frau Hornberger zum Zeitpunkt des Mordes schon eine Woche in Thailand auf Phuket weilten und von dort auch keine Kontakte nach Deutschland gehabt hatten. Zudem hatte Hornberger außer seiner gekränkten Eitelkeit keinen Grund, dem alten Hirsch ans Leder zu wollen. Er fuhr ja bereits ohne Führerschein und auch bei Rot durch. Auch die beruflichen Konsequenzen konnten ihm, dank des Vermögens seiner Frau, herzlich egal sein.

Auch für Peter hatte das Ganze noch ein versöhnliches Ende genommen, denn um einer Anzeige wegen Körperverletzung und Sachbeschädigung zuvorzukommen, hatte Hornberger ihm einen Scheck ausgestellt, der ihn nicht nur für die erlittenen Schmerzen, sondern auch für das blutverschmierte Sakko doppelt und dreifach entschädigte.

»So, dann sind wir nach einundzwanzig Befragungen genauso weit wie am Anfang«, sagte Peter, als er den Wagen in Richtung Kelkheim lenkte. »Wie wollen wir weiter vorgehen?«

»Ich würde sagen, du bringst mich nach Hause, wir schlafen uns aus, und morgen früh im Büro sprechen wir den Fall noch einmal durch. Irgendwo zwischen all den Hinweisen müssen wir etwas übersehen haben.«

»Du hast recht; schlafen wir eine Nacht drüber. Wer weiß, vielleicht bringt ein neuer Tag neue Ideen.«

7.

Am nächsten Morgen sagte Verena am Frühstückstisch zu ihrem Mann: »Ach ja, bevor ich es vergesse, Herr Wohlers hat gestern angerufen. Du sollst ihn möglichst schnell zurückrufen, denn er hat uns ein Angebot gemacht, bei dem wir die Wohnung doch noch übernehmen können.«

»Wieso? Will er keine achtzigtausend Anzahlung mehr haben?«

»Ja, er hat gesagt, wenn wir fünfundsechzigtausend bringen und monatlich statt sechshundertfünfzig siebenhundertfünfzig zahlen, müsste es auch gehen. Er könnte dann nächste Woche mit uns den Vertrag machen und seine Frau in die Privatklinik verlegen lassen.«

»Moment mal, siebenhundertfünfzig im Monat, das sind neuntausend im Jahr und neunzigtausend in zehn Jahren. Zusammen mit der Anzahlung wäre die Wohnung aber dann mehr als gut bezahlt. Hat er was gesagt, wie lange wir bezahlen sollen?«

»Ich habe ihn so verstanden, dass wir zahlen, solange er lebt.«

»Der Mann ist in einer Topverfassung … das können durchaus noch fünfzehn Jahre werden. Bis dahin haben wir uns dumm und dusslig bezahlt.«

»Das hab ich ja auch gemeint. Da hat er gesagt, wir sollten mal ausrechnen, was wir an die Bank zahlen müssten, wenn wir einen Kredit über neunzigtausend Euro aufnehmen würden.«

»Da ist was dran … trotzdem muss ich mir das heute Abend in Ruhe durchrechnen.«

Damit war das Thema erst einmal vom Tisch, und Stefan griff nach einem der belegten Brötchen, die Verena vorbereitet hatte. Ganz nebenbei griff er, ohne hinzusehen, zum Zeitungsstapel. Da sie verrutscht waren, bekam er nicht wie gewünscht die aktuelle Tageszeitung zu fassen, sondern erwischte eine, die bereits vier Wochen alt war und längst in der Altpapiertonne liegen sollte.

Verena, die sich in letzter Zeit immer öfter darüber ärgerte, dass Stefan kaum noch etwas im Haushalt tat, sah es, grinste und sagte erst einmal nichts.

Da Stefan die Zeitung meist nur überflog, merkte er zunächst einmal nichts und las interessiert einen Artikel über die Tagespolitik von vor vier Wochen. Danach blätterte er zur Wettervorhersage weiter. Hier kam er allerdings ins Grübeln, denn Schneefall und Tagestemperaturen von etwa zwei Grad wollten nun einmal gar nicht zu diesem Aprilmorgen passen. Dann fiel der Groschen.

»Verdammt, ich hab eine vier Wochen alte Zeitung …«, hob er an, als ihm der Ton im Hals stecken blieb.

Er hatte auf der letzten Seite einen Artikel erspäht, der ihn elektrisierte.

Steuerberaterbüro in der Frankfurter Straße in Geldschiebereien von gigantischem Ausmaß verwickelt?, lautete die Schlagzeile.

Stefan las den Artikel gründlich durch und entnahm dem Text, dass fünf Unternehmer aus der Frankfurter Straße in diese Schiebereien verwickelt sein könnten. Seit geraumer

Zeit wurde das Büro von der Polizei überwacht, und die Wagen dieser Herren parkten dort verdächtig oft und lange, während die Geschäftsleute im Steuerberaterbüro waren. Das war die Stelle, an der Stefan ganz besonders hellhörig wurde. Schließlich wusste er aus eigener, leidvoller Erfahrung, dass im Bereich dieses Hauses absolutes Halteverbot war. Außerdem lag dieser Abschnitt der Frankfurter Straße mitten in Gernot Hirschs »Arbeitsbereich«. Wenn Hirsch nun einen der Leute in einer verfänglichen Situation dort fotografiert hätte und so einen Beweis liefern könnte … das wäre schon ein Motiv. Ein erstklassiges sogar.

»Schade, dass keine Namen in dem Artikel stehen«, murmelte er und sprang auf.

»Was meinst du?«

»Ich hoffe, ich habe soeben den ersten Hinweis auf den wahren Täter entdeckt.«

»In einer vier Wochen alten Zeitung?«

»Ganz genau. Ich werde die Zeitungen nie mehr zu früh runterbringen.«

»Oh nein«, stöhnte Verena auf, musste sich aber den bissigen Kommentar, den sie auf den Lippen hatte, verkneifen, da genau in diesem Moment die Zwillinge anfingen zu murren, weil sie aus ihrem Kinderbettchen hinauswollten.

So bekam sie nur noch aus den Augenwinkeln mit, wie Stefan seine Jacke vom Haken riss, ihr einen flüchtigen Kuss zuwarf und aus der Wohnung stürmte.

Um diese Zeit saß Peter schon eine ganze Weile im Büro und brütete über ihren Unterlagen. Es war aber auch zu dumm! In keinem der einundzwanzig Fälle hatten sie auch nur den kleinsten verdächtigen Hinweis gefunden, und obwohl Dr. Pfannmöller noch einige Aussagen überprüfen wollte, war kaum zu erwarten, dass noch etwas Brauchbares zutage trat. Wenn ihnen nicht bald die Erleuchtung käme, würden sie zum ersten Mal, seit sie als Detektive arbeiteten, einen Fall ungelöst zu den Akten legen müssen. Dennoch blieb Peter verhalten optimistisch. Schließlich hatte es auch früher schon manchmal so ausgesehen.

Peter stand an der Kaffeemaschine nahe der Glasfront ihres kleinen Büros und sah hinaus auf die Frankfurter Straße, da sah er Stefan in seinem Wagen wie einen Irren vorbeirasen, auf der Straße unterhalb des Büros wenden und auf der gegenüberliegenden Straßenseite einparken.

»Entweder ist er noch frustrierter als ich, oder er weiß etwas Neues«, murmelte Peter vor sich hin, da stürmte Stefan auch schon ins Büro.

»Stefan, was ist los?«

»Du wirst es nicht glauben, aber ...«

»... du hast den Stein der Weisen gefunden.«

»Ja, so was Ähnliches.«

»Und wie?«

»Frag mich lieber, wo.«

»Also gut, wo?«

»In einer vier Wochen alten Zeitung.«

»Wie bitte?«

»Du hast dich nicht verhört. In einer alten Zeitung, die schon lange im Müll liegen sollte, habe ich heute Morgen einen Artikel entdeckt. Lies selbst, dann weißt du, was ich meine«, sagte Stefan, zog triumphierend die Zeitung aus der Tasche und warf sie auf den Schreibtisch. »Letzte Seite, ganz oben.«

Peter setzte sich, nahm die Zeitung und begann erst skeptisch, dann fasziniert zu lesen. Kurz darauf legte er das Blatt zur Seite, sah Stefan bewundernd an und nickte bedächtig.

»Ich weiß, was du meinst, und du könntest durchaus recht haben. Aber vor allem bist du eines, ein Teufelskerl. Jetzt bist du wirklich schon so gut wie ich, wenn nicht sogar besser. Und das nach nicht einmal sechs Jahren. Aber mir war von vornherein klar, dass du ein wahres Naturtalent für diesen Beruf bist.«

»Genug der Lobhudelei«, sagte Stefan verlegen. »Wie gehen wir weiter vor?«

»Jetzt spannen wir erst einmal Burkhard und Olli ein. Wir brauchen jetzt Infos und vor allem die Namen der verdächtigen Leute. Am besten auch noch Marke, Typ und Kennzeichen ihrer Autos. Ruf du Burkhard an, ich übernehm Olli. Wenn wir die Rückmeldungen haben, gehen wir die Falschparker, die Hirsch aufgeschrieben hat, durch und sehen, wen wir finden.«

Kurz darauf hatten sie den Hacker sowie den Anwalt erreicht und erst einmal viel Zeit, sich der vermaledeiten Buchführung zu widmen. Zu ihrem Ärger ließen sich Oliver Krause und Dr. Pfannmöller mehr als genug Zeit. Als die erste Rückmeldung am frühen Nachmittag des zehnten April kam, hatten sie schon fast alle Unterlagen für die Steuererklärung beisammen.

Ein Signalton wies Peter auf das Eintreffen einer E-Mail hin. Oliver Krause hatte die Namen der Personen, die in der Zeitung gemeint waren, samt ihren Autos mit den dazugehörigen Kennzeichen zusammengestellt. »Na endlich«, murmelte Peter und las die Liste halblaut vor: »Klaus-Peter Ziegler, Steinmetz, Frankfurter Straße 122, Mercedes 500 SEL, Kennzeichen …« Weiterhin handelte es sich um den Pizzeria-Besitzer Domenico Baruzzi, den Reparaturschneider Ayrhan Madullah, den Boutiquen-Besitzer Horst Schneider und zu guter Letzt den Bäckermeister Adam Leinweber.

Peter tippte noch eine schnelle Antwort, in der er Oliver Krause für seine gewohnte Präzisionsarbeit dankte, da klingelte an Stefans Platz das Telefon, und wie erwartet war Burkhard Pfannmöller dran. Er sagte ihnen im Grunde das Gleiche wie Oliver Krause, allerdings mit einem kleinen Unterschied: Er hatte dem Ganzen noch einen weiteren Namen hinzuzufügen. Es handelte sich um einen Sonnenstudio-Besitzer in Münster. Sein Studio lag ebenfalls in der Frankfurter Straße.

»Er heißt mit vollem Namen James-Robert Parker und wird von allen nur Jim-Bob genannt. Der Mann ist Deutscher, amerikanischer Abstammung, und fährt einen silberfarbenen Jaguar XJ 12. Das Kennzeichen habe ich jetzt nicht, aber das kann dein Freund Krause ja leicht herausfinden.«

»Wieso? Hatte die Polizei das Kennzeichen denn nicht?«

»Nein, denn der Mann wird von der Polizei definitiv nicht mehr zu den Verdächtigen gezählt. Er konnte nachweisen, dass er bereits drei Tage bevor das Schwarzgeld im Steuerberaterbüro beschlagnahmt wurde, zu einer Einkaufsfahrt nach Italien aufgebrochen war. Somit kann er unmöglich der Überbringer des Geldes sein. Ich hatte Glück, dass der Name überhaupt noch bei der Polizei gespeichert war. Auch wenn sich das im ersten Moment nicht gerade spektakulär anhört, hab ich gedacht, es könnte euch trotzdem interessieren.«

»Völlig richtig«, sagte Peter, »wir werden ihn auf jeden Fall unter die Lupe nehmen, man weiß ja nie … Danke noch mal für deine wertvolle Mithilfe.«

Kurz nachdem sie das Gespräch beendet hatten, gingen Stefan und Peter daran, die Unterlagen von Gernot Hirsch ein weiteres Mal zu sichten. Diesmal suchten sie nach allem, was irgendwie nach Falschparken in der Frankfurter Straße aussah. Hier schien noch vor der Frankenallee und der Parkstraße das beliebteste »Arbeitsgebiet« des alten Querulanten gelegen zu haben. Genau einhundertsechzehn Anzeigevorhaben beschäftigten sich allein mit Falschparkern.

Ziemlich schnell hatten sie herausgefunden, dass Klaus-Peter Ziegler und Ayrhan Madullah nicht in den Unterlagen von Gernot Hirsch vorkamen, während sämtliche anderen Namen wenigstens einmal dort auftauchten.

So stand über Horst Schneider, den Boutiquen-Besitzer, zu lesen:

Silberfarbener Jaguar XJ 6, Amtl. Kennzeichen MTK …

Erster Verstoß: Parkte am 04. März vor dem Haus des Steuerberaters Mergert (Frankfurter Str. 17) im absoluten Halteverbot. Dauer 1 Std. 21 Min. (14.22 Uhr bis 15.43 Uhr)

Zweiter Verstoß: Gleiche Stelle, am 06. März, 44 Min. (11.08 Uhr bis 11.52 Uhr)

Dritter Verstoß: Gleiche Stelle, am 07. März, 1 Std. 15 Min. (10.45 Uhr bis 12.00 Uhr)

Fotos dazu in Box Archiv-Nummer 160 (unerledigte Fälle)

Als Nächstes fanden sie den Bericht über Adam Leinweber, den Bäckermeister.

Silberfarbener Audi A 4, Amtl. Kennzeichen MTK …

Parkte am 05. März vor dem Haus Nr. 59 im Halteverbot. Dauer des Parkverstoßes: 1 Std. 04 Min. (13.26 Uhr bis 14.30 Uhr).

Foto dazu in Box Archiv-Nummer 160 (unerledigte Fälle)

Nachdem Peter und Stefan diese Kurzberichte herausgefiltert hatten, waren sie so geschafft, dass sie sich erst einmal eine Pause gönnten. Sie kochten eine Kanne Kaffee und tranken diese in Ruhe aus. Als sie sich wieder an die Unterlagen setzten, hatte die Abenddämmerung bereits eingesetzt. Sie arbeiteten nun etwas schneller, und es dauerte gar nicht lange, da hatten sie den Bericht über Domenico Baruzzi, den Pizzeria-Betreiber, gefunden:

Roter Lancia Kappa 3.0, amtliches Kennzeichen MTK ...
Parkte am 07. März vor dem Haus des Steuerberaters Mergert, Frankfurter Straße 17, im absoluten Halteverbot. Dauer des Parkverstoßes: 26 Min. (13.28 Uhr bis 13.54 Uhr)
Anmerkung: Der Steuerberater und der Autofahrer, der mir als der Wirt Baruzzi bekannt ist, tauschten vor dem Haus einen Koffer, was mir sonderbar vorkam (wurde fotografiert).
Fotos dazu in Box Archiv-Nummer 160 (unerledigte Fälle)

Ohne den Koffertausch zunächst zu kommentieren, kämmten die beiden Detektive weiter die Notizen durch und hielten nur wenig später den Eintrag in Händen, der zu Jim-Bob Parker gehören musste. Denn kein weiterer silberfarbener Zwölfzylinder befand sich unter Gernot Hirschs »Kunden«. Zu ihrem Erstaunen war die Dokumentation zu diesem Wagen bedeutend umfangreicher als bei allen anderen.

Silberfarbener Jaguar XJ 12, Amtl. Kennzeichen MTK ...
Parkte wiederholt vor dem Haus des Steuerberaters Mergert in der Frankfurter Straße 17, im absoluten Halteverbot. Im Einzelnen war das:

Am 06. März, 13 Minuten (9.54 Uhr bis 10.07 Uhr)
Am 08. März, 38 Minuten (9.58 Uhr bis 10.36 Uhr)
Am 08. März, 52 Minuten (12.03 Uhr bis 12.55 Uhr)
Am 12. März, 25 Minuten (11.52 Uhr bis 12.17 Uhr)
Besonders geärgert hat mich in diesem Zusammenhang, dass Herr Mergert mit diesem Herrn fast zehn Minuten lang beim Auto stand, ohne ihn auf den Parkverstoß hinzuweisen. Prüfen, ob man das auch zur Anzeige bringen kann.

Fotos zu allen Vorgängen in Box Archiv-Nummer 160 (unerledigte Fälle)

»Ich denke, an unserem Verdacht ist was dran, was meinst du?«, fragte Stefan, als sie sich endlich durch den Wust an Aufzeichnungen gearbeitet hatten.

»Glaube ich auch«, bestätigte Peter. »Zum Glück sind keine weiteren Verstöße aufgetaucht, die wir überprüfen müssen. Den Steinmetz und Herrn Madullah können wir vorerst von der Verdächtigenliste streichen, da sie anscheinend nicht mit Hirsch aneinandergeraten sind. Auch Herrn Leinweber, den Bäcker, können wir hintenanstellen, da sein Verstoß viel weiter unten in der Frankfurter Straße stattfand und so kein Zusammenhang zu den verbotenen Geldgeschäften hergestellt werden kann. Bleiben Horst Schneider, Domenico Baruzzi und Jim-Bob Parker. Mein Gefühl sagt mir, dass einer von den dreien unser Mann ist. Wir werden morgen alle drei aufsuchen und ihnen auf den Zahn fühlen. Ich ruf jetzt gleich noch einmal Burkhard an und frage ihn, an welchen Tagen Parker angeblich in Italien war. Mach du ruhig Feierabend, du wolltest ja ohnehin noch einmal mit Herrn Wohlers wegen der Wohnung telefonieren.«

»Oh Mist, das hätte ich heute schon wieder vergessen. Verena ist deshalb schon sauer.«

»Dann ab nach Hause. Ich werd dich anrufen und unterrichten, was Burkhard gesagt hat.«

»Sage mal«, sagte Stefan etwas zögerlich, »steht deine Zusage eigentlich noch, dass du mir die zwanzigtausend Euro leihst, um die Wohnung anzuzahlen?«

Noch bevor Peter antworten konnte, läutete das Telefon.

Peter nahm ab, hörte kurz zu und antwortete dann: »Ja, wir sind da auf eine Spur gestoßen, die recht vielversprechend ist. Wenn ich mich nicht irre, dann hat Ihr Mann gute Chancen, schon bald wieder auf freien Fuß zu kommen.«

Danach hörte er noch eine Weile zu und sagte abschließend: »Ja, das ist gut. Lassen Sie den Kopf nicht hängen, so übel sieht es gar nicht mehr aus. Tschüss.«

Als er aufgelegt hatte, fragte Stefan: »Frau Hirsch?«

»Ja, sie wollte wissen, wie weit wir mit den Ermittlungen sind. Irgendwie hatte ich allerdings den Eindruck, sie war nicht allein im Haus.«

»Herrenbesuch?«

»Glaub ich, ehrlich gesagt, nicht. Auch wenn sie nicht sonderlich sympathisch rüberkommt, halte ich sie doch nicht für derart abgebrüht, dass sie sich einen Lover ins Haus holt, kaum dass ihr Mann im Gefängnis sitzt.«

»Den könnte sie ja auch schon vorher gehabt haben.«

»Eins zu null für dich. Ich glaube aber eher an eine Freundin. Ihre Mutter oder Schwester können es nicht sein.«

»Wieso nicht?«

»Burkhard hat das überprüft. Sarah Hirsch stammt aus Niedersachsen, und ihre gesamte Familie lebt in Hitzacker. Dort sind sie auch zu erreichen. So – jetzt bin ich müde von den vielen Papieren und will nach Haus … Um noch einmal auf das Geld zurückzukommen, natürlich leihe ich es dir. Ist Herr Wohlers dir denn auch ein Stück entgegengekommen?«

»Ja, er will nur noch fünfundsechzigtausend Euro als Anzahlung.«

»Dann könnte es ja klappen, wenn wir alle zusammenlegen.«

»Ja, schon, auch wenn mir nicht wohl bei dem Gedanken ist, Verenas ganze Familie anzupumpen. Aber zu meinen Eltern zu gehen verbietet mein Stolz erst recht.«

»Du bist ein Sturkopf, aber ich kann dich verstehen. Es muss damals ja ein ziemliches Stück Arbeit gewesen sein, deine Eltern davon zu überzeugen, dass du keine akademische Laufbahn einschlagen und schon gar nicht ihren Betrieb übernehmen willst. Da kannst du jetzt nicht angekrochen kommen.«

»Angekrochen trifft's ja wohl auch nicht.«

»Warum seht ihr euch denn so selten? Deine Eltern waren, soweit ich weiß, erst einmal hier, und die wenigen Male, die du in den letzten Jahren in Münster warst …«

Peter sprach in dem Fall nicht von dem Kelkheimer Stadtteil, sondern von der gleichnamigen westfälischen Stadt, in der Stefan aufgewachsen war.

»Das hat andere Gründe. Mein Vater ist, wie ich schon öfter erklärt habe, ein Workaholic. Er macht nicht nur die Verwaltungsarbeit für seine Bäckereikette, sondern steht, obwohl er es nicht nötig hätte, an mindestens zwei Tagen in der Woche in der Backstube. Hier her zukommen hat er gar keine Zeit. Auch wenn ich oben bin, sehe ich ihn nur zwischen Tür und Angel. Warum soll ich also hinfahren?«

»Wegen deiner Mutter und deinem Bruder.«

»Stimmt schon«, gab Stefan kleinlaut zu. »Aber jedes Mal, wenn ich dort bin, ärgere ich mich aufs Neue über meinen

Vater. Beim letzten Mal dauerte es volle drei Tage, bis ich ihn das erste Mal zu Gesicht bekommen habe.«

»Okay, Stefan, wenn du von deinen Eltern kein Geld nimmst und auch Verenas Verwandtschaft nicht anpumpen willst, dann lasst die Wohnung doch auf Verenas Namen eintragen. So hast du niemanden angepumpt.«

»Das ist ein guter Tipp, ich werd darüber nachdenken. So, jetzt mach ich mich vom Acker.«

Kaum zu Hause angekommen, rief Stefan bei Konrad Wohlers an. Der alte Mann war sofort am Telefon, und die beiden unterhielten sich erst eine Weile über die Wohnung, die Stefan schon allein wegen des riesigen Kinderzimmers unbedingt haben wollte, das man später, wenn die Zwillinge größer sein würden, mühelos in einen Wohn- und einen Schlafbereich würde unterteilen können.

»Na, das ist doch prima«, sagte Konrad Wohlers zum Abschluss. »Dann kann ich ja einen Notar beauftragen, um den Vertrag aufsetzen zu lassen. Wann haben Sie denn einmal Zeit?«

»Bitte nicht in den nächsten Tagen, der Fall Hirsch macht sehr viel Arbeit.«

»Gibt es endlich etwas Neues?«

»Und ob. Inzwischen sind erste Hinweise aufgetaucht, dass Rainer Hirsch wirklich unschuldig sein könnte. In diesem Zusammenhang erwarte ich in Kürze einen wichtigen Anruf. Seien Sie mir bitte nicht böse, wenn ich das Gespräch an dieser Stelle beende, um die Leitung freizubekommen.«

»Nein, nein, das bin ich bestimmt nicht, denn auch ich bin überzeugt, dass Rainer seine Eltern nicht ermordet hat. Helfen Sie ihm.«

»Mein Partner und ich sind am Ball. Machen Sie ruhig einen Notartermin aus, und wenn der Fall Hirsch hinter uns liegt, bringen wir das mit der Wohnung auf die Reihe.«

Nachdem Stefan aufgelegt hatte, ging er in die Küche, wo Verena und die Zwillinge mit dem Abendessen auf ihn warteten.

»Hast du mit Herrn Wohlers gesprochen?«

»Ja, es geht klar. Er beauftragt einen Notar, um den Verkauf in die Wege zu leiten.«

»Lolar, Lolar!«, echoten die Zwillinge, und Verena musste so heftig lachen, dass sie sich verschluckte.

Bald hingen alle vier gackernd vor Vergnügen auf ihren Stühlen, und ans Abendessen war nicht mehr zu denken. Beinahe hätten sie sogar das Läuten des Telefons überhört.

»Weimershaus«, meldete sich Stefan außer Atem.

»Ähm …« Peter räusperte sich. »Soll ich besser in einer halben Stunde noch einmal anrufen?«

»Nein, es ist nicht so, wie es sich anhört. Du hast uns nur beim Lachen unterbrochen.«

»Ach, so nennt man das heute …«

»Peter, vergiss es. Sag mir lieber, was das Gespräch mit Dr. Pfannmöller ergeben hat.«

»Es ist genau so, wie wir vermutet haben. Herrn Hirschs Aufzeichnungen beweisen, dass Jim-Bob Parker nicht an den angegebenen Tagen in Italien bei diesem Sonnenbankhersteller gewesen sein kann.«

»Also ist dieser Parker unser Mann?«

»Darauf würde ich mich erst mal nicht festlegen. Es könnte ja sein, dass Parker zwar mit der Schwarzgeldaffäre zu tun und nur gelogen hat, um nicht ertappt zu werden. Wer sagt uns denn, dass es nur einen gab, der Geld ins Ausland verschieben wollte? Ich habe mir Hirschs Akten noch ein weiteres Mal vorgenommen und tatsächlich etwas entdeckt. Dieser Pizzabäcker Baruzzi hat mit Mergert, dem Steuerberater, gerade einen Aktenkoffer getauscht, als er fotografiert wurde. Der ist genauso verdächtig. Aber auch Horst Schneider können wir nicht von vornherein ausschließen, da er in der fraglichen Zeit mehrfach vor Mergerts Haus von Hirsch fotografiert wurde. Da der Steuerberater dichthält und bei der Polizei nichts sagt, müssen wir weiterbohren. Es sieht so aus, als hätte Hirsch durch Zufall in ein Wespennest gestochen.«

»Und das mit dem Leben bezahlt.«

»Offensichtlich. Das bedeutet, wir haben im Grunde sogar vier Verdächtige. Denn wer sagt, dass es nicht der Steuerberater war, der geglaubt hat, einen lästigen Mitwisser zum Schweigen bringen zu müssen?«

»Du hast recht, einer der vier muss es gewesen sein. Auf jeden Fall hängt es mit dem sonderbaren Finanzgebaren des Steuerberaters zusammen. Es führen einfach zu viele Hinweise in diese Richtung.«

»Zumal andere völlig fehlen.«

»Ganz genau. Nur brennt mir nun eine ganz andere Frage auf den Nägeln.«

»Und die wäre?«

»Wo sind diese Scheißfotos, die Hirsch in seinen Aufzeichnungen ständig erwähnt?«

»Oh, verdammt.«

»Wenn wir die hätten, dann hätten wir etwas mit Beweiskraft in den Händen. Die Aufzeichnungen allein sind nicht ganz so viel wert. Sie sind nicht handschriftlich und könnten genauso gut von uns gefälscht worden sein. Ein nur halbwegs geschickter Staatsanwalt zerreißt unser Entlastungsmaterial in der Luft.«

Zur gleichen Zeit wurde im Hause Hirsch in der Rosegger-straße ein interessantes Gespräch geführt. Sarah Hirsch saß mit ihrem Geliebten im Wohnzimmer und schmiegte sich an den außergewöhnlich gut gekleideten Mann, der sich gerade von Sakko und Krawatte befreit hatte. Während sie sich an seinem Hemd zu schaffen machte, berichtete sie davon, dass sie, gerade als er vor einer Stunde hereingekommen war, mit einem der Detektive telefoniert hatte, und erwähnte dabei, dass es Fortschritte in der Untersuchung gebe. Damit war für den Mann nichts mehr so, wie es vorher war.

Der elegante Geschäftsmann gab sich zwar immer noch so liebevoll zu der jungen und naiven Frau wie zuvor, aber tief im Inneren war er aufgewühlt, nervös und auch etwas ärgerlich. Hätte diese dumme Pute das nicht gleich erzählen können? Schließlich war es für ihn von existenzieller Bedeutung, ob es etwas Neues gab.

Dennoch küsste er seine Informationsquelle leidenschaftlich, bevor er fragte: »Was hat der Detektiv denn gesagt?«

Dabei bemühte er sich, möglichst beiläufig, ja fast schon gelangweilt zu klingen, so als ob er mehr aus Höflichkeit denn aus echtem Interesse fragte. Immerhin war er es gewesen, der Sarah Hirsch in den letzten Tagen immer wieder suggeriert hatte, dass es gut aussähe, wenn sie sich einmal nach dem Stand der Ermittlungen erkundigte.

»Ach, es war nichts Besonderes«, sagte die junge Frau, die etwas ganz anderes von ihrem Freund wollte, als über ihren Mann zu sprechen.

»So?«

»Nur, dass endlich Unterlagen gefunden wurden, aus denen eindeutig hervorgeht, dass der Täter in einer ganz anderen Ecke zu suchen ist. Durch diese Unterlagen wird mein Mann bald freikommen, hat der Detektiv gesagt.«

»Was meinst du, ist da was dran, oder sagt der das nur, um weiterzumachen und Geld herauszuschinden zu können?«

»Es klang, als ob es ihm wirklich ernst wäre.«

»Das hört sich dann aber vielversprechend an.«

»Ja, und wenn mein Mann erst frei ist, werde ich ihm reinen Wein über uns einschenken und zu dir ziehen. Auch wenn ich am liebsten sofort …«

»Wir dürfen nichts überstürzen. Oder willst du später, wenn die Presse sich auch auf dich stürzt, wie ein Flittchen dastehen, das seinen Mann, kaum dass er in U-Haft sitzt, verlässt?«

»Nein, nein, natürlich nicht, aber ich freu mich halt so drauf. Du auch?«

»Klar, ich kann mir nichts Schöneres vorstellen«, sagte der Mann, und jede hätte ihm das geglaubt.

Dass er insgeheim genau das Gegenteil dachte, ahnte die junge Frau nicht, aber auch der Geschäftsmann wunderte sich über sich selbst. So viel Selbstbeherrschung hätte er sich, da es in seinem Inneren brodelte und kochte, gar nicht zugetraut.

Dann lief er zur Hochform auf.

»Schatz, die Detektive haben die Unterlagen doch hoffentlich schon an die Polizei weitergegeben, oder?«, fragte er so beiläufig, als hätte er gesagt: Reich mir doch mal die Sektflasche.

»Soweit ich weiß, hatte Herr Stettner sie vorhin noch im Büro, denn als ich mit ihm telefonierte, war er gerade dabei, sie zu studieren, und hat gesagt, er macht gleich Feierabend.«

»Ach ja?«, sagte der Mann aufatmend und begann einen Plan zu entwickeln.

Gleichzeitig knabberte er an Sarahs rechtem Ohrläpp-

chen und massierte zärtlich ihre Brüste, worauf Sarah flüs-
terte: »Schatz, nimm mich.« Dann vergaß sie die Welt um
sich herum.

Genau das lag in der Absicht des Mannes, denn Sarah
Hirsch sollte schließlich nur ihre Wollust und ihren bevorstehenden Orgasmus im Gedächtnis behalten. Nicht aber,
dass er sie nach allen Regeln der Kunst ausgefragt hatte.

8.

Am nächsten Morgen trafen Stefan und Peter nahezu gleichzeitig vor dem Büro ein.

»Morgen, Peter«, murmelte Stefan verschlafen.

Peter grüßte genauso müde zurück und steckte den Schlüssel ins Türschloss.

Dann war er hellwach.

»Da war einer dran«, war alles, was er sagte.

»Wieso?«, fragte Stefan überrascht, und seine Müdigkeit war ebenfalls wie weggeblasen.

»Das Schloss schließt sich anders als gestern.«

»Bist du dir sicher?«

»Meinst du vielleicht, ich spinne?«

»Nein, natürlich nicht … aber lass uns drinnen weiterreden.«

»Okay«, antwortete Peter mürrisch und gab den Weg ins Büro frei.

Während sie an ihren Schreibtischen Platz nahmen, fragte Stefan: »Wie meinst du das, dass das Schloss anders schließt? Gibt es daran Einbruchsspuren? Hier drinnen sehe ich jedenfalls nichts.«

»Es gab einen ganz leichten Widerstand im Schloss, der gestern noch nicht da war. Gerade so, als hätte sich jemand mit sehr gutem Werkzeug daran zu schaffen gemacht.«

»Aber wer soll denn hier einbrechen? Was gibt es hier zu holen? Unsere Portokasse? Das lohnt nicht.«

»Nun ja, im Laufe der letzten Jahre haben wir uns so einiges an elektronischen Spielereien zugelegt«, erklärte Peter seinem verdutzten Freund und Kollegen. »Ich hab eigentlich schon länger damit gerechnet, dass mal so etwas passiert. Ich glaube, es ist an der Zeit, dass wir uns eine leistungsfähigere Alarmanlage zulegen.«

Dann stand er auf und ging zum Vorhang hinüber, hinter dem in einem Regal alle Kameras und Abhöreinrichtungen untergebracht waren. Er zog ihn beiseite und staunte nicht schlecht, denn alle Geräte schienen an ihrem angestammten Platz zu sein. Damit hatte er nicht gerechnet.

»Na, so was«, murmelte er und ging an seinen Platz zurück, »sollte ich mich am Ende doch geirrt haben?« Zu Stefan sagte er: »Alles da, umso besser – gehen wir wieder an unseren Fall.«

Er zog die Schreibtischschublade auf, in die er Gernot Hirschs Unterlagen abgelegt hatte, und als er sie nicht fand, sagte er: »Gib mir doch mal die Papiere.«

»Welche Papiere? Ich hab keine.«

»Die Aufzeichnungen Hirschs natürlich. Hier sind sie nicht, also musst du sie haben.«

»Das ist doch Quatsch. Du bist gestern nach mir weggegangen. Als ich ging, lagen sie noch auf deinem Schreibtisch.«

»So ein Mist, das stimmt! Ich erinnere mich jetzt genau, den ganzen Krempel in die Schublade gelegt zu haben, bevor ich ging. Halt mal – die Schreibtischschublade war eben nicht abgeschlossen. Ich weiß aber hundertpro, dass ich sie zugeschlossen habe, als ich ging. Ich sag es ja, heute Nacht war hier jemand drin.«

»Du meinst, derjenige hatte es nur auf unser Beweismittel abgesehen?«

»Ganz genau. Das bedeutet aber auch, dass wir auf der richtigen Fährte sind.«

»Fragt sich nur, wer von unseren Verdächtigen davon erfahren hat und vor allem wie.«

»Das finden wir heraus. Es wird zwar nicht ganz leicht, ist aber zu schaffen. Ich möchte wirklich wissen, wie der Mörder darauf kommt, dass wir belastendes Material im Büro haben. Außer uns, unseren Frauen, Burkhard, vielleicht noch seinen Kanzleiangestellten, Olli Krause, seiner Mona, Rainer und Sarah Hirsch weiß doch keiner etwas davon.«

»Wie wollen wir weiter vorgehen?«

»Wir gehen hin und befragen unsere Verdächtigen.«

»Der Schuldige wird uns nicht gerade auf die Nase binden, dass er den Einbruch begangen hat …«

»Manchmal kommt es gar nicht so sehr darauf an, was die Leute sagen oder auch nicht sagen, sondern darauf, wie sie es nicht sagen.«

»Wenn du meinst«, sagte Stefan skeptisch. »Okay, gehen wir erst zu Horst Schneider, dann zu Baruzzi, und auch zu diesem … wie heißt er noch?«

»Jim-Bob Parker. Aber wir sollten auch Mergert, den Steuerberater, nicht außen vor lassen. Ich schlage vor, wir fangen mit ihm an.«

Wenig später fuhren sie beim Steuerberaterbüro Mergert vor. Aber kaum hatten sie sich vorgestellt und ihr Anliegen geäußert, da sagte die Vorzimmerdame zu ihnen: »Ich bedaure, aber Herr Mergert ist für Sie nicht zu sprechen. Wenn Sie etwas erfahren wollen, dann soll sich der Anwalt, für den Sie arbeiten … Wie hieß er noch?«

»Dr. Pfannmöller.«

»Dann soll sich Dr. Pfannmöller mit den Ermittlungsbehörden in Verbindung setzen. Vielleicht erzählen die ihm ja etwas. Darüber hinaus gibt es keinen Kommentar. Das war's, meine Herren, auf Wiedersehen.«

Auf dem Weg hinaus sagte Stefan: »Na, das klang aber verdächtig.«

»Nicht unbedingt. An seiner Stelle würde ich mich auch bedeckt halten, wenn gegen mich ein Verfahren läuft. Besonders wenn an den Vorwürfen etwas dran ist.«

»Dann bringt das hier mal wieder nichts?«

»Na ja. Wenn er sich uns gegenüber offen gezeigt hätte, wäre das für mich sehr viel verdächtiger gewesen.«

Während die Detektive bei der Vorzimmerdame des Steuerberaters abblitzten, saß der Einbrecher und Mörder mit den gestohlenen Papieren in seinem Wohnzimmer und lachte sich ins Fäustchen, wie gut doch alles geklappt hatte. Sarah Hirsch hatte nicht bemerkt, dass er sich in der Nacht für zwei Stunden davongeschlichen hatte. Er hatte sie ja auch derart mit Sekt abgefüllt, dass sie wie betäubt geschlafen hatte. Auch dass in der Frankfurter Straße alles ruhig geblieben war, als er geschickt die Tür zum Büro der Detektive geöffnet hatte, erfüllte ihn mit Stolz. Zeigte es ihm doch, dass er noch nichts verlernt hatte. Selbst eine kompliziertere Alarmanlage hätte ihn kaum aufhalten können.

Nun hatte es sich also doch noch ausgezahlt, dass er vor einunddreißig Jahren, als er noch sehr jung gewesen war, in seiner alten Heimat sozusagen den Beruf des Einbrechers erlernt hatte.

Pech war, dass er nach erfolgversprechendem »Karrierebeginn« mit dreiundzwanzig Jahren bei einem Raubzug gefasst und zu fünf Jahren Gefängnis verurteilt worden war. Er hatte sich noch in der Haft entschlossen umzusatteln und sein Heimatland so schnell wie möglich verlassen. So war er vor fast zwanzig Jahren nach Deutschland gekommen. Um seine Spuren gründlich zu verwischen, hatte er sich falsche Papiere verschafft und unter diesem neuen Namen eine nicht ganz unvermögende, aber deutlich ältere deutsche Touristin geheiratet. Als er einige Jahre später seinen deutschen Pass in Händen hielt, hatte er sie fallen lassen wie eine heiße Kartoffel. Allerdings nicht, ohne sie vorher so richtig auszunehmen. Die Alte war schließlich selbst schuld daran, wenn sie sich das gefallen ließ, ohne aufzumucken. Mit ihrem Geld und immer noch unter falschem Namen war er dann seriös geworden und hatte in Kelkheim den Grundstein für sein Unternehmen gelegt.

»Ja, ja, ich bin schon schlau«, beweihräucherte er sich selbst, während er an seine Anfänge zurückdachte und dabei die gestohlenen Unterlagen überflog.

Als er an die ihn betreffenden Aufzeichnungen kam, sagte er laut in den Raum: »Dacht ich mir's doch, es wird höchste Zeit, dass der Mist verschwindet.«

Er nahm den Packen, verteilte ihn im offenen Kamin seines Wohnzimmers und zündete ihn an. Der Mann sah einen kurzen Moment lang zu, bis die Flammen auflöderten und die sich darin befindlichen Holzscheite zu brennen begannen, dann nahm er eine Flasche des sündhaft teuren Barolo, der zehn Jahre lang im Eichenfass gereift war, aus dem Weinregal und schenkte sich einen Schluck davon ein. Er trank ihn mit Genuss, dachte dabei: Das habe ich mir verdient, und ging anschließend nach unten in sein Büro.

Unterdessen hatten Stefan und Peter die kurze Strecke zu Schneiders nobler Herrenboutique zu Fuß zurückgelegt und betraten den Laden. Sofort kam ihnen einer der drei Verkäufer entgegen und fragte nach ihren Wünschen.

»Wir hätten gern in einer persönlichen Angelegenheit mit Herrn Horst Schneider gesprochen«, sagte Peter.

»Einen Moment bitte, Herr Schneider hält sich gerade oben in seiner Wohnung auf – ach nein, da kommt er ja gerade«, sagte der Angestellte, da kam Schneider schon durch eine Tür, auf der »Büro – Kein Zutritt« stand.

Horst Schneider war ein großer, elegant gekleideter Mann von etwa fünfzig Jahren, der sie in einwandfreiem Hochdeutsch begrüßte. Wenn man genau hinhörte, bemerkte man aber noch den Wiener Dialekt.

»Was kann ich für Sie tun, meine Herren?«

»Wir kommen im Auftrag von Dr. Pfannmöller und ermitteln im Mordfall Hirsch.«

»Wie kann ich Ihnen da helfen? Ich bin kein Jäger!«, rief der Mann lachend.

»Herr Hirsch hat Sie fotografiert, als Sie am vierten und siebten März vor dem Haus des Steuerberaters Mergert im Halteverbot parkten.«

»Ach«, sagte Schneider ruhig, aber nur noch halb so freundlich, »daher also die Scherereien mit der Polizei.«

»Nein, Herr Hirsch kam nicht mehr dazu, Sie anzuzeigen, er wurde vorher ermordet. Vermutlich ist Ihr Name in Mergerts Unterlagen aufgetaucht.«

Für einen Moment schien es so, als ob Schneider das Gespräch beenden wollte, aber dann entschied er sich fortzufahren: »Nun ja, ich war früher bei Mergert. Seit diesem Jahr habe ich einen anderen Steuerberater. Letztes Jahr hat er mir das Angebot gemacht, Schwarzgeld gegen eine satte Provision im Ausland gewinnbringend anzulegen. Ich habe ihm erklärt, dass ich kein Schwarzgeld habe, und sein Angebot abgelehnt. Darüber haben wir uns zerstritten. So viel dazu, und nun zum vierten und siebten März. Ich habe an diesen Tagen so weit von meinem Geschäft entfernt geparkt, weil ich hier in der Nähe keinen Parkplatz bekommen habe. Das war besonders ärgerlich, weil ich etwas ausladen musste. Vorher war ich unterwegs und anschließend den ganzen Tag hier im Laden, dazu können Sie meine Mitarbeiter befragen.«

Bei diesen Worten winkte er einen Mitarbeiter herbei: »Pierre, können Sie sich noch erinnern, wann ich Anfang März die Sakkos aus englischem Tweed vom Flughafen geholt habe?«

»Wie könnte ich das vergessen? Wir haben ja allein eine halbe Stunde gebraucht, bis alles im Geschäft war. Das war am vierten und … siebten März.«

»Ja, wo war ich denn anschließend?«

»Hier im Geschäft. Sie haben Roland und mir geholfen, die Sakkos für den Verkauf fertig zu machen.«

»Danke, Pierre, Sie können wieder an Ihre Arbeit gehen. – So, meine Herren, war's das? Ich habe Ihnen dazu nichts weiter zu sagen. Oder wollen Sie vielleicht einen Anzug kaufen?«

»Nein, heute nicht«, meinte Peter grinsend.

»Dann seien Sie bitte so nett und verlassen das Geschäft. Ich habe leider keine Zeit mehr, mit Ihnen zu plaudern. Auf Wiedersehen.«

Stefan und Peter folgten der Aufforderung schweigend, und während sie zum Wagen gingen, um nach Münster zu fahren, dachten beide dasselbe: dass dieser Schneider auffällig darum bemüht war zu beweisen, nichts mehr mit Mergert zu tun zu haben.

Nur wenige Minuten später, es war kurz nach elf, standen sie vor der kleinen Pizzeria im Ortskern von Münster, bei der es sich, wie allgemein bekannt war, um eine Goldgrube handelte. Der Wirt hatte das Lokal bereits aufgeschlossen, obwohl er laut dem Hinweisschild an der Tür erst ab halb zwölf geöffnet hatte. Er war gerade dabei, den Pizzaofen auszuputzen.

»Es ist noch geschlossen!«, rief er über die Schulter, als die beiden Detektive eintraten. »Gibt noch nichts zu essen. Aber wenn Sie einen Rotwein trinken wollen, ich hab gerade eine neue Lieferung bekommen.«

»Wir wollen zu Domenico Baruzzi.«

»Das bin ich – was ist?«, fragte der Gastronom und fuhr ruckartig herum.

»Wir sind Detektive und kommen im Auftrag des Anwalts von Rainer Hirsch.«

»Hirsche, Hirsche, das ist doch diese Porco, der mich immer aufschreibe, wenn falsch parken. Koste mich Vermöge!«, brüllte der Wirt unvermittelt los und kam drohend um den Tresen herum. »Kann meinetwege verrecke!«

Der Wirt, der nach vielen Jahren in Deutschland eigentlich nahezu perfekt Deutsch sprach, fiel vor Zorn in das gebrochene Deutsch seiner Anfangsjahre zurück.

»Isch gehabt grosse Schwierigkeite mit Polizei. Bestimmt diese Hirsche mich gezeigt bei Polizia, weil falsche geparkt bei meine ... wie heißt? Ah, si, Steuerberater. Gehabt auch wege dem große Schwierigkeite. Zum Gluck isch kann beweise, dass nix zu tun mit Schiebereie. Was Sie von mir wolle?«

Bei seinen letzten Worten kam der Gastwirt Peter bedrohlich nahe und lief damit Gefahr, außer Gefecht gesetzt zu werden. Denn Peter wollte so etwas wie in Fischbach nicht noch einmal erleben.

»Also, was Sie wolle?«, fragte der Wirt nochmals drohend und war mit seinem Gesicht nur noch wenige Zentimeter von Peters Gesicht entfernt.

»Haben Sie Gernot Hirsch ermordet?«, fragte Peter so harmlos, ja fast schon freundlich, als habe er nach der Speisekarte gefragt. Aber diese Frage hatte ihre Wirkung nicht verfehlt.

Baruzzi fiel vor Schreck das Staubtuch aus der Hand, und er ließ sich schwer auf einen Stuhl fallen, der unter der plötzlichen Belastung ächzte.

Dann sah er die Detektive mit weit aufgerissenen Augen an und stammelte: »Davon habe ich nichts gewusst.«

»Wo waren Sie denn am vergangenen Samstag zwischen vierzehn und sechzehn Uhr?«

»Ich weiß zwar nicht, was Sie das angeht«, antwortete Baruzzi, der inzwischen wieder die Ruhe selbst war, »aber bis fünfzehn Uhr hatte ich geöffnet und danach aufgeräumt.«

»Haben Sie dafür Zeugen?«

»Bis drei waren Gäste da, und um halb vier ging mein Koch. Danach war ich allein.«

»Was haben Sie in der vergangenen Nacht gemacht?«

»Vermutlich das Gleiche wie Sie, geschlafen.«

»Kann Ihre Frau das bezeugen?«

»Ich bin nicht verheiratet. Glauben Sie mir, oder macht mich das verdächtig?«

»Im Moment können wir Ihnen zumindest nichts beweisen«, trug Peter ziemlich dick auf. »Wenn Sie es nicht waren, dann halten Sie Augen und Ohren offen. Wir kommen wieder.«

Dann drehten die beiden sich wortlos um und ließen den Wirt, der von diesem Abgang völlig überrascht wurde, allein im Lokal zurück.

Draußen, beim Auto, fragte Peter: »Stefan, was meinst du, ist Baruzzi unser Mörder?«

»Möglich ist es, aber ich halte es nicht für wahrscheinlich. Dazu war er zum einen zu erstaunt darüber, dass der Mann tot ist. Das kam mir nicht gespielt vor. Wahrscheinlich war er so schockiert, weil er ihm keine fünf Minuten zuvor noch die Pest an den Hals gewünscht hat.«

»Du sagtest ›zum einen‹ …«

»Ja, außerdem hätte es zeitlich zwar noch klappen können, aber er hätte sich mächtig beeilen müssen.«

»Wer sagt uns, dass seine Zeitangaben stimmen?«

»Du hast recht, zumindest der Koch könnte eingeweiht sein und ihn decken – aber das glaube ich nicht.«

»Ich ehrlich gesagt auch nicht. Aber was hältst du von Schneider?«

»Den könnte ich mir eher als Mörder vorstellen. Auf jeden Fall ist er sehr vorsichtig geworden, als er hörte, wer wir sind.«

»Stimmt«, sagte Peter. »Los, fahren wir zu unserem letzten Kandidaten.«

»Lass uns laufen … Parkers Sonnenstudio liegt keine zweihundert Meter von hier entfernt. Anschließend können wir ja in der Breslauer Straße bei dem Vietnamesen zu Mittag essen und unser weiteres Vorgehen absprechen.«

»Wo nimmst du nur immer diese guten Ideen her? Ich kann mich nicht daran erinnern, dass ich früher auch nur halb so gute Ideen gehabt hätte«, sagte Peter schnippisch.

Stefan enthielt sich eines Kommentars und setzte sich in Bewegung, und wenig später standen sie bereits an der Theke des Sonnenstudios, dessen Besitzer sie ebenfalls zu den Tatverdächtigen zählten.

Parker kam gerade aus dem Hinterzimmer an die Theke

und begrüßte die vermeintlichen Neukunden: »Guten Tag, was kann mein Team für Sie tun?«

»Sind Sie Herr Parker?«, fragte Peter zurück.

»Ja, das bin ich. Was wünschen Sie?«, fragte der Unternehmer nur Nuancen schärfer.

Dabei zog er die linke Augenbraue fragend nach oben.

»Wir sind Detektive und im Auftrag des Anwalts Dr. Pfannmöller unterwegs.«

»Dr. Pfannmöller? Muss ich den kennen?«

»Sie müssen nicht, aber er vertritt Rainer Hirsch«, schoss Peter ins Blaue hinein.

»Rainer wie? Hirsch? Wie Reh? Ha, ha!«

Der Besitzer des Sonnenstudios lachte gackernd.

Dann fragte er nochmals: »Entschuldigen Sie, wenn ich mich wiederhole, aber muss ich diesen Roland Hirsch kennen? Mir sagt der Name nichts.«

»Rainer Hirsch ist, wie gesagt, Dr. Pfannmöllers Mandant. Seine Eltern, Gernot und Greta Hirsch, wurden ermordet.«

»Ach so, jetzt verstehe ich; ich soll der Mörder sein. Verhaften Sie mich.«

»Dazu sind wir nicht befugt, wir sind nicht von der Polizei«, erklärte Peter.

»Aha, aber fragen dürfen Sie?«

»Ja, Sie müssen allerdings nicht antworten.«

»Ach, was soll's. Fragen Sie ruhig, ich habe nichts zu verbergen.«

»Kennen Sie einen Steuerberater namens Mergert?«

»Ja klar, das ist mein Steuerberater. Das heißt, er war es bis vor einem Monat. Damals kam die Polizei zu mir und behauptete, ich sei in Steuerbetrügereien großen Stils verwickelt. So etwas kann ich mir als seriöser Unternehmer aber nicht leisten. Glücklicherweise konnte ich beweisen, dass ich mit der ganzen Sache nichts zu tun habe. Seit Mergert vorübergehend festgenommen wurde, sind wir geschiedene Leute. War's das, meine Herren?«

»Nein, eine Frage haben wir noch.«

»Meinetwegen.«

»Was haben Sie in der vergangenen Nacht gemacht?«

»Jetzt gehen Sie aber wirklich zu weit. Meinen Sie nicht, dass es meine Privatsache ist, was und mit wem ich es nachts mache?«, fragte Parker frech grinsend.

Mit dieser Gegenfrage hatten weder Stefan noch Peter gerechnet, und Parker hatte sie für einige Sekunden aus dem Konzept gebracht.

Noch bevor Peter die Frage konkretisieren konnte, legte der Unternehmer nach: »Wenn es Sie beruhigt, danach haben wir geschlafen.«

»Ja, danke, das war's für den Moment erst mal. Dürfen wir wiederkommen, falls noch Fragen auftauchen?«

»Aber klar, kommen Sie ruhig und fragen Sie. Auch wenn es mir lieber wäre, Sie hier als Kunden begrüßen zu dürfen.«

Peter und Stefan verabschiedeten sich von dem Mann, der ihnen alles andere als sympathisch war, und gingen zurück zum Auto. Sie fuhren zu der kleinen Gaststätte mit der umfangreichen fernöstlichen Speisekarte und nahmen an einem der Tische Platz. Der Wirt, der sie in den vergangenen Monaten schon des Öfteren mittags zu Gast hatte, empfing sie wie alte Bekannte und nahm ihre Bestellung auf.

Als er wieder in der Küche verschwunden war, fragte Stefan: »Was hältst du von diesem Parker?«

»Entweder ist er aalglatt, oder er hat mit dem Mord nichts zu tun. Auf jeden Fall hat er mit keiner Silbe verraten, ob er darüber Bescheid weiß, dass Hirsch ihn vor dem Büro abgelichtet hat. Genau genommen schien ihm der Name Hirsch in diesem Zusammenhang nicht einmal geläufig zu sein.«

»Ja, eben, es schien so. Aber kann das nicht genauso gut bedeuten, dass der Typ einfach eiskalt ist?«, sagte Stefan aufbrausend.

»Reg dich nicht gleich auf, mir ist der Kerl auch unsympathisch. Da ist mir Baruzzi bedeutend sympathischer, auch wenn er mir am liebsten an die Gurgel gegangen wäre.«

»Und was sagt uns das?«

»Erst mal nichts.«

»Verdammt noch mal, das bedeutet also, dass wir schon wieder am Anfang stehen?«

»Nicht ganz, denn wir haben unsere Köder ausgelegt.«

»Wenn das alles ist …«

»Ach Stefan, so ist das nun mal. Du bist zwar wie geschaffen für diesen Beruf und auch schon richtig gut, aber immer noch zu ungeduldig. Wie mein früherer Vorgesetzter immer sagte, ist das in unserem Job wie mit den zehn Wollknäueln, die durcheinandergeraten sind. Du suchst in diesem Wust von Fäden, bis du ein Ende in der Hand hältst, und beginnst dich daran entlangzuarbeiten. Irgendwann stellst du fest, dass dieser Faden dich nicht zum Ziel führt und du mit ihm immer neue Knoten produziert. Also kappst du ihn schweren Herzens. Nun beginnt die Suche von Neuem. Du findest schließlich ein anderes Ende und hangelst dich daran entlang. Wenn du Pech hast, kannst du das fünf Mal und öfter machen, oder aber du findest das abgeschnittene Ende von vorhin wieder und bemerkst es nicht sofort. Du arbeitest dich erneut daran entlang, bis du deinen Irrtum bemerkst. Aber dann, plötzlich, wenn du schon fast nicht mehr daran glaubst, das Knäuel entwirren zu können, fällt es dir wie Schuppen von den Augen. Das richtige Ende liegt vor deinen Füßen, und du brauchst es nur aufzuheben. Fast wie von selbst wird sich dann das Wollknäuel entwirren. Und genau so geht es uns mit diesem Fall. Beharrliches Arbeiten, um das richtige Ende zu finden, wird uns auch dieses Mal zum Ziel führen.«

»Wenn man dir zuhört, könnte man glauben, das Ganze wäre ein Kinderspiel.«

»Nein, das ist es nicht, denn um das richtige Ende rechtzeitig zu erkennen, braucht es eine ganze Menge Lebenserfahrung, einen wachen Geist und viel Geduld. Die ersten beiden Eigenschaften hast du schon, und das mit der Geduld bringt das Alter mit sich. So, und nach dem Essen nehmen wir einen neuen Faden auf. Das heißt, wir gehen zu Sarah Hirsch und quetschen sie aus, wer über den Schlüssel, den wir bei ihrem Schwiegervater gefunden haben, Bescheid wissen könnte. Es wäre doch gelacht, wenn wir das Fotoarchiv des alten Hirsch nicht finden würden.«

»Ach ja, der Schlüssel«, murmelte Stefan, »an den habe ich gar nicht mehr gedacht.«

Es war schon fast halb vier, als Stefan und Peter vom Büro aus zu Sarah Hirsch aufbrachen. Sie fuhren in das Wohngebiet unterhalb der Sportanlage Am Reis und mussten die letzten hundert Meter zu Rainer Hirschs Haus laufen, da ein Jaguar so dusslig eingeparkt hatte, dass er den letzten freien Parkplatz blockierte.

Sie klingelten, und es dauerte ungewöhnlich lange, bis Sarah Hirsch ihnen öffnete. Peter fiel sofort auf, dass die Frau einen irgendwie derangierten Eindruck machte.

Nun ja, dachte er, sie lässt sich vor Sorge ziemlich gehen, seit ihr Mann in U-Haft sitzt. Aber wer kann es ihr verdenken? Ich war damals auch völlig neben der Spur, als Annika wegen des Mordes an ihrem Mann verhaftet wurde[3]. Dabei waren wir weder verheiratet noch ein Paar. Wir kannten uns noch nicht einmal besonders gut. Aber gerade weil ich nachvollziehen kann, wie es ihr gehen muss, werde ich mich besonders ins Zeug legen, um ihren Mann freizubekommen.

»Wie kann ich Ihnen helfen?«, riss ihn Sarah aus seinen Gedanken.

»Können wir kurz reinkommen?«, fragte Stefan.

»Das ist schlecht, ich habe nicht aufgeräumt.«

»Das erwartet auch niemand von Ihnen«, sagte Peter. »Dafür haben wir volles Verständnis.«

»Dann kommen Sie eben rein«, sagte die junge Frau resignierend und sah sich verstohlen um.

Weder Stefan noch Peter nahmen Notiz von dieser minimalen Kopfbewegung, und hätten sie es getan, dann hätten sie es vermutlich der Scham über den Zustand der Wohnung zugeschrieben. Niemals wären sie auf die Idee gekommen, dass Sarah Hirsch sich vergewisserte, dass die Tür vom Flur zum Esszimmer geschlossen und ihr Liebhaber dort nicht zu entdecken war. Kurz bevor sie zur Haustür ging, war er durch die Milchglasschiebetür, die Wohn- und Esszimmer verband, dorthin verschwunden.

Sarah führte die beiden Detektive ins Wohnzimmer und bot ihnen etwas zu trinken an. Stefan lehnte dankend ab, und Peter sagte: »Wir wollen Sie nicht lange aufhalten, wir haben im Grunde nur eine einzige Frage.«

---

3 Vgl. Die Taunus-Ermittler Band 3 – Endstation Linie 3

»Und zwar?«

»Wissen Sie, zu welcher Tür der Schlüssel passt, den wir bei Ihrem Schwiegervater gefunden haben?«

»Schlüssel …?«

»Hat Herr Dr. Pfannmöller Ihnen denn nicht erzählt …?«

»Doch, doch, diesen Schlüssel meinen Sie … Nein, ich habe keine Ahnung. Vielleicht passt er zum Keller?«

»Nein, dort passt er nicht«, antwortete ihr Stefan. »Diesen haben wir im Übrigen bereits erfolglos durchforstet, um das Fotoarchiv Ihres Schwiegervaters zu finden. Haben Sie eine Ahnung davon, wo es sich befinden könnte?«

»Nein, da kann ich Ihnen nicht weiterhelfen.«

»Aber vielleicht Ihr Mann. Rufen Sie ihn bitte an.«

»In Ordnung, ich sage Ihnen dann Bescheid.«

»Jetzt, wenn es geht.«

»Wie soll ich das denn machen?«, wand sich die Frau, der schon allein der Gedanke an diesen Anruf unangenehm zu sein schien.

»Wenn man Sie nicht durchstellen will, wenden Sie sich an Dr. Pfannmöller«, riet Peter ihr. »Nur machen Sie schnell, denn für Ihren Mann wird die Zeit langsam knapp. Nach unseren Informationen wird im Laufe der nächsten Woche der Prozess gegen ihn eröffnet.«

»Ja, ich weiß, ich bin als Zeugin geladen.«

»Dann würde ich Ihnen raten, sich noch mehr zu beeilen. Rufen Sie sofort Dr. Pfannmöller an und lassen ihn Ihren Mann nach dem Fotoarchiv fragen.«

Fast schon widerwillig hob Sarah Hirsch den Hörer ab, wählte die Nummer des Strafverteidigers und hatte ihn bereits wenige Sekunden später am Apparat.

Wie der Zufall es wollte, saß er gerade im Auto und war auf dem Weg in die Haftanstalt, wo er in knapp zwanzig

Minuten Rainer Hirsch gegenübersitzen würde. Er versprach, seinen Mandanten danach zu fragen und so schnell es ging zurückzurufen.

Bange Minuten des Wartens begannen nun für Frau Hirsch. Zumindest versuchte sie diesen Eindruck zu erwecken. Peter und Stefan, die fast schon Mitleid mit ihr hatten, baten, um sie etwas abzulenken, nun doch um einen Drink und warteten dann mit ihr zusammen auf das Läuten des Telefons. Eine gute halbe Stunde später war es so weit.

Sarah Hirsch nahm ab, stellte auf Lautsprecher um und meldete sich.

Sie hörten, wie der Anwalt am anderen Ende der Leitung fragte: »Sie haben doch sicher im Auftrag meiner Detektive nach dem Archiv gefragt. Sind die beiden anwesend?«

»Ja.«

»Das ist gut. Ich erzähle Ihnen nun, was Ihr Mann gesagt hat. Viel war es leider nicht. Können alle mithören?«

»Ja, der Lautsprecher ist an. Aber wieso konnte mein Mann nicht viel sagen?«, fragte Sarah Hirsch, und jeder hätte ihr abgenommen, dass es echte Bestürzung war, die in ihrer Stimme mitschwang.

»Weil er kein sicheres Wissen darüber hat und mir auch keine konkreten Hinweise geben konnte. Nicht einmal, in welcher Stadt das Archiv zu finden ist, konnte er sagen, auch wenn anzunehmen ist, dass es sich im unmittelbaren Umkreis von Kelkheim befindet.«

»Hat sich Rainer Hirsch so ausgedrückt?«, fragte Peter aus dem Hintergrund.

»Guten Tag, Peter, guten Tag, Stefan, er hat es in etwa so gesagt. Als Begründung hat er angegeben, dass sein Vater früher sein Archiv in einer Scheune hinter Schlossborn gehabt hat, aber immer jammerte, weil es so weit weg war und er mindestens eine Stunde unterwegs war, nur um einige Fotos abzuheften. Seit zwei Jahren jammerte er nicht mehr. Rainer Hirsch hat daraus geschlossen, dass er nach der Therapie keines mehr benötigte. Gernot und Greta Hirsch waren per Gerichtsbeschluss dazu verurteilt worden, eine Therapie zu machen, weil ihr Zwang, irgendwelche vermeintlichen Vergehen zu verfolgen, so weit ging, dass sie unbefugt fremde Grundstücke betraten, um angebliche Beweise zu sichern. Man erkannte übrigens in Greta Hirsch die treibende Kraft hinter ihrem Mann, und man sah nur unter der Bedingung, dass sich die beiden in Behandlung begaben, von einer Bestrafung wegen wiederholten Hausfriedensbruchs ab. Sein Sohn meinte nun, wenn es so sei, dass die beiden mehr Anzeigen denn je erstattet hätten, dann hätten sie wohl weitergemacht wie bisher und brauchten folglich auch ein Archiv. Dieses müsse aber bedeutend näher an ihrer Wohnung liegen als bisher, sonst hätte er weitergenörgelt.«

»Danke, Burkhard, das sehe ich ähnlich«, sagte Peter. »Das bedeutet, wir müssen noch einmal in die Wohnung und nach einem Miet- oder Kaufvertrag suchen.«

»Das ist eine gute Idee, tun Sie das. Bis dann.«

Nachdem Frau Hirsch das Gespräch beendet hatte, sagte Peter zu ihr: »Sie haben es gehört, wir brauchen bitte noch einmal den Schlüssel zur Wohnung Ihrer Schwiegereltern. Den anderen Schlüssel haben wir noch. Suchen Sie uns den Wohnungsschlüssel bitte heraus, damit wir uns gleich morgen früh an die Arbeit machen können.«

»Kleinen Moment bitte«, sagte sie und verschwand im Esszimmer.

Es dauerte ein paar Minuten, dann kam sie mit rot glühenden Wangen zurück und schwenkte den Schlüssel wie eine Jagdtrophäe hin und her.

»Hier ist er!«, rief sie euphorisch, und Stefan, der ihre Erregung darauf zurückführte, dass sie neuen Mut gefasst hatte, war versucht, ihr nun etwas mehr Mitgefühl entgegenzubringen.

Hätte er geahnt, dass ihr Liebhaber nur wenige Meter von ihnen entfernt jedes ihrer Worte mitangehört hatte, wäre seine Meinung über Sarah Hirsch auf den absoluten Nullpunkt abgefallen.

Dieses kurze, aber gefährliche Intermezzo im Esszimmer, bei dem der Mann Sarah Hirsch mit seinen Händen fast bis zum Höhepunkt gebracht hatte, während sie nach vorn gebeugt im Sideboard nach dem Schlüssel suchte, fand er einfach prickelnd. Er war sicher, dass ihr Mann, dieser arme Trottel, so etwas nur selten mit seiner Frau machte, ihr diesbezügliches Defizit schien riesig zu sein. Hätte er sie sonst so leicht um den Finger wickeln können?

Es tat ihm fast schon leid, dass nun die Zeit gekommen war, das Verhältnis zu ihr zu beenden. Aber gutes Geld war nun einmal bedeutend mehr wert als guter Sex. Lange würde Sarah ohnehin nicht mehr stillhalten und zu ihm ziehen wollen. Ganz besonders dann, wenn ihr Gatte wirklich freikäme. Aber das durfte schon allein deshalb nicht geschehen, um den Mann nicht in Gefahr zu bringen. Deshalb musste er schnellstens dafür sorgen, dass die letzten Beweise, die auf einen anderen Täter als Rainer Hirsch hindeuteten, verschwanden.

Das mit dem Alten war aber auch zu blöde gelaufen. Hätte dieser Simpel sich die Fotos nicht abkaufen lassen können? Er hätte ihn nicht schlecht dafür bezahlt. Stattdessen musste dieser Idiot mit seiner alten Pistole auf ihn losgehen. Konnte er denn ahnen, dass dieses alte Ding tatsächlich noch funktionierte und obendrein nicht einmal gesichert war? Der Schuss hatte sich, ohne dass er es wollte, gelöst, als er dem Alten die Pistole entreißen wollte. Da hatte er schon Glück gehabt, dass es im Haus ruhig blieb und anscheinend niemand außer Hirschs Frau diesen ersten Schuss gehört hatte. Aber was hätte er anderes tun können, als sich eines der Sofakissen zu schnappen, es vor die Waffe zu halten und erneut abzudrücken? Die Frau war zu plötzlich in der Wohnzimmertür erschienen und hatte ihren Mund bereits zum Schrei geöffnet; das hatte er verhindern müssen.

Widerwillig riss sich der Unternehmer von seinen aufkeimenden Schuldgefühlen los und ließ seine Seele wieder in den Panzer schlüpfen, den sie sich im Laufe vieler Jahre zugelegt hatte.

Stattdessen wandte er seine Aufmerksamkeit wieder den Detektiven zu, die sich draußen im Wohnzimmer gerade verabschiedeten. »Sie wollen gleich nachher in die Wohnung gehen, um zu suchen?«, fragte Sarah Hirsch erwartungsvoll.

»Nein, das klappt leider nicht«, sagte Peter Stettner. »Ich habe noch einen wichtigen Termin«, und Stefan Weimershaus stimmte ein: »Ich auch, denn ich muss zum Zahnarzt.«

Das trifft sich gut, dachte der Mann im Esszimmer. Ich kann unmöglich selbst heute Nacht nach dem Vertrag suchen, dazu wissen zu wenige Menschen von dieser neuen Entwicklung. Ich werde mich einfach morgen früh bei guter Zeit vor dem Haus auf die Lauer legen und den Detektiven folgen, wenn sie den Vertrag gefunden haben. Irgendwie, vielleicht durch einen vorgetäuschten Raubüberfall oder einen Trick, werde ich es schaffen, rechtzeitig in den Besitz der Fotos zu kommen.

Das Geräusch der hinter den Detektiven ins Schloss fallenden Haustür brachte die Gedanken des Mannes wieder in die Gegenwart zurück. Endlich konnte er zu Sarah eilen und ihr lüstern an die Wäsche gehen. Aber kaum hatte er das getan, da kam auch schon die nächste kalte Dusche.

»Liebling«, säuselte Sarah, »lass uns endlich Nägel mit Köpfen machen. Es ist mir egal, was die Leute über mich sagen, ich halt es ohne dich nicht mehr aus. Morgen früh ziehe ich zu dir.«

»Ja, mein Schatz«, sagte der Geschäftsmann, dachte aber: Eigentlich schade, doch dann geht die Affäre Hirsch eben noch schneller zu Ende als geplant. Aber diese letzte wilde Nacht lasse ich mir nicht entgehen.

Während Sarah Hirsch sich am Ziel ihrer Träume wähnte, als sie der Mann ins Schlafzimmer im ersten Stock trug, arbeitete es fieberhaft hinter seiner Stirn. Wie könnten seine nächsten Schritte aussehen? Dass mit Sarah heute noch Schluss sein musste, war klar. Spätestens gegen Mitternacht würde er sich hier absetzen und am frühen Morgen Posten vor der Wohnung Hirsch beziehen. Sobald die beiden Detektive herauskämen, würde er sich an ihre Fersen heften, und wenn sie erst einmal die Bilder gefunden hätten, brauchte er ihnen nur noch maskiert in den Weg zu treten und ihnen alles abzunehmen. Ein stinknormaler Raubüberfall, bei dem eben auch …

»… warum bist du denn nicht richtig bei der Sache?«, fragte Sarah und holte seine Gedanken mit einem gekonnten Griff in ihr Schlafzimmer zurück.

In den folgenden Stunden liebten sie sich so heftig, intensiv und ausdauernd wie noch nie zuvor, und gerade als Sarah den Mann aufforderte, erneut in sie einzudringen, schlug die alte Standuhr im Flur halb zwölf.

Fast schon heftig löste sich der Mann von seiner Geliebten, stieß die verblüffte Frau brüsk zurück und stieg in seine Hosen, die er dieses Mal nicht wie sonst immer sorgfältig zusammengelegt, sondern auf den Boden geworfen hatte. Auch daran konnte man erkennen, wie aufgewühlt er im Inneren war. Deshalb entschied er sich auch für die harte Tour.

»Was ist denn los mit dir?«, fragte Sarah, als er sich bereits fast vollständig angezogen hatte, und der Mann antwortete mit einer Eiseskälte, die selbst einem Kühlhaus zur Ehre gereicht hätte: »Es ist aus.«

»Was ist aus? Kannst du nicht mehr? Du weißt, ich finde das nicht schlimm. Dass du ein ganzer Mann bist, hast du mir oft genug bewiesen.«

»Du hast mich missverstanden. Unser Techtelmechtel ist hiermit beendet. Mehr war es für mich nie gewesen. Du warst eine Granate im Bett, und ich habe, ehrlich gesagt, so etwas nie zuvor erlebt. Aber für immer mit dir leben? Nein, das will ich weiß Gott nicht. Was hast du mir außer gutem Sex denn zu bieten?«

»Aber Schatzi!«, heulte Sarah Hirsch los, die erst ganz allmählich zu begreifen begann, dass sie in den letzten Wochen nach Strich und Faden belogen worden war.

»Es hat sich ausgeschatziet. Schließlich bin ich verlobt.«
»Verlobt?«

»Ja, und ich werde diese Frau in wenigen Wochen heiraten. Sie bringt im Gegensatz zu dir rund fünf Millionen Euro sowie den elterlichen Betrieb, in dem ich bald Geschäftsführer werde, mit in die Ehe. Lass es dir bloß nicht einfallen herumzuschnüffeln, wer sie ist. Ich komme sonst her und bringe dich eigenhändig um.«

Der Mann wunderte sich über sich selbst, wie leicht ihm

dieser Satz über die Lippen kam, und noch mehr, dass er es vollkommen ernst meinte.

Sarah war viel zu enttäuscht, schockiert und verletzt, um noch irgendetwas denken oder sagen zu können. Sie saß splitternackt, zitternd und heulend im Bett und fragte sich immerzu, was aus ihrer wunderbaren Beziehung geworden war, die sie zehn Minuten zuvor noch zu haben glaubte.

So bekam sie gar nicht mit, wie der Mann, den sie eben noch für ihre große Liebe gehalten hatte, erst das Schlafzimmer und dann das Haus verließ. Erst als er schon eine ganze Weile verschwunden war, löste sie sich aus ihrer Erstarrung, und Zorn packte sie. Sie griff sich den erstbesten Gegenstand und warf ihn an die Wand. Leider war es der gläserne Frosch aus Murano-Glas, den Rainer ihr bei ihrem ersten gemeinsamen Urlaub in Venedig geschenkt hatte. Dass er damals ein kleines Vermögen dafür ausgegeben hatte, war ihr in dem Moment, da er in tausend Scherben zerschellte, völlig egal.

9.

Nachdem Stefan und Peter das Haus in der Roseggerstraße verlassen hatten, waren sie keineswegs nach Hause und weiter zu ihren vermeintlichen Terminen gefahren. Peter hatte das nur, einem plötzlichen Impuls folgend, Sarah gegenüber behauptet. Stattdessen hatte er direkt die verwaiste Wohnung von Gernot und Greta Hirsch angesteuert.

»Ich denke, du hast noch einen Termin?«, fragte Stefan grinsend.

»Genau den gleichen, den du beim Zahnarzt hast.«

»Aber warum hast du Sarah Hirsch angeschwindelt?«

»Ich hatte plötzlich so ein ganz dummes Gefühl in der Magengegend. Hast du das auch gespürt?«

»Nein, aber ich habe bemerkt, dass du mit einem Mal auf Distanz gegangen bist. Da hab ich eben mitgespielt.«

»Dann ist ja alles in bester Ordnung; wir sind schon ein tolles Team. Los, lass uns anfangen. So schwierig kann es ja nicht sein, diesen Vertrag zu finden. Jedenfalls wenn es ihn gibt.«

»Stimmt«, sagte Stefan und stieg aus dem Auto.

Sie suchten immerhin fast zwei Stunden.

Schon zeitig am nächsten Morgen lag der Mann auf der Lauer. Er war sich ziemlich sicher, die Lage voll im Griff zu haben, und konnte sich nicht vorstellen, dass die »Operation Foto«, wie er seine Vorgehensweise großspurig nannte, auch schiefgehen konnte. Sicherheitshalber hatte er seinen Beobachtungsposten bereits um vier Uhr früh bezogen, denn er traute den beiden Detektiven nicht über den Weg. Aber unbequem wollte er es trotzdem nicht haben. So hatte er sein Auto ein ganzes Stück entfernt geparkt, konnte dafür aber die vorderen Fenster und die Haustür der Wohnanlage im Blick behalten, ohne sich verrenken zu müssen. Wenn in der Wohnung das Licht anging, dann konnte ihm das nicht entgehen; aber auch wenn die Detektive schlau genug waren, ohne Licht zu arbeiten, würde er sie kommen und gehen sehen, da es keinen Hinterausgang gab.

Damit es ihm bei all der Warterei nicht zu elend ging, hatte er sich eine Frühstücksbox hergerichtet, die ihresgleichen suchte. Selbst zwei kalte Schnitzel und etwas Lachs fehlten nicht. Dazu kam noch ein kleines Fläschchen Wein und ein Flachmann mit Cognac, denn es konnte ja sein, dass es ihm trotz der Standheizung in seinem Wagen kalt wurde.

So wartete er Stunde um Stunde ruhig und geduldig mampfend. Als sich nach halb acht aber immer noch nichts tat, wurde er langsam unruhig.

»Was soll das? Seid ihr so faul, oder habt ihr verschlafen?«, murmelte er.

Dass Stefan und Peter es kein bisschen eilig hatten und sich gerade erst aus ihren Betten schälten, konnte er nicht ahnen. Aber wozu hätten sie sich beeilen sollen? Sie hatten ja schon gefunden, wonach sie suchten.

Erst als es schon deutlich nach acht Uhr war, begann der Geschäftsmann zu ahnen, dass hier nicht alles nach seinen Plänen lief. Er sah in immer kürzeren Abständen auf die Armbanduhr, und schließlich setzte er den Flachmann an die Lippen. Kaum hatte er den ersten Schluck genommen, da verschluckte er sich fast, denn der Jüngere der beiden Detektive, Weimershaus, tauchte bei den Parkplätzen auf. Doch anstatt in Hirschs Wohnung zu gehen, setzte er sich in sein Auto und fuhr davon.

Aufgeregt startete der Mann auch seinen Wagen und ließ seine schwere Limousine nach vorn schießen; schließlich wollte er den Anschluss nicht verlieren. Dass er dabei mit quietschenden Reifen und gefährlich schlingernd einer älteren Dame auf dem Zebrastreifen ausweichen musste, drang kaum in sein Bewusstsein.

Es war schon nach halb neun, als Stefan seine Wohnung verließ, um zu Peter zu fahren. Er war in Gedanken so sehr mit dem Mietvertrag von Gernot Hirschs Archiv beschäftigt, dass ihm sein Verfolger nicht auffiel. Endlich hatten sie eine Vorstellung davon, wo dieses Archiv zu finden war. Die lange Reihe mit Garagen im Gagernring, von denen eine es sein musste, war ihnen gut bekannt, und wenn sie die richtige erst einmal gefunden hatten, war es nur noch eine Frage der Zeit, bis sie ein brauchbares Beweismittel in der Hand hatten.

Auch als Stefan am noch verschlossenen Hoftor von Peters Haus klingelte, beachtete er nicht den Wagen, der keine fünfzig Meter von ihm entfernt einparkte.

An der Haustür wurde er von Annika begrüßt.

»Peter telefoniert schon seit einiger Zeit mit Burkhard, es kann noch länger dauern. Komm doch rein, Stefan. Willst du mit uns frühstücken?«

»Nein danke, hab ich schon«, sagte er, während er ihr dennoch ins Esszimmer folgte.

Im nächsten Moment kam Sven zur Tür herein und setzte sich an den bereits gedeckten Esstisch.

»Hast du heute keine Schule?«, fragte Stefan.

»Erst zur Dritten«, antwortete der Junge maulfaul wie immer und rief in die Küche hinaus: »Mutti, wann geht's los?«

»Sobald Peter kommt. Er telefoniert noch.«

Sie hatte den Satz noch nicht richtig beendet, da hörte man bereits Peters polternde Schritte auf der alten Holztreppe. Nur zwei Sekunden später kam Peter hereingestürmt. Wenn er nicht immer noch die Last der überflüssigen Pfunde aus seinen schlechten Jahren mit sich herumgeschleppt hätte, wäre niemand auf die Idee gekommen, diesen agilen, vor Energie nur so strotzenden Mann für annähernd vierundfünfzig Jahre zu halten.

»Hallo Stefan, da bist du ja.«

»Ich schon, aber du offensichtlich noch nicht ganz.«

»Ich habe auch gerade über eine Stunde lang mit Burkhard telefoniert …«

»Wieso? Was ist passiert?«

»Nichts.«

»Ach Quatsch. Irgendwas ist doch. Lass dir nicht immer alles einzeln aus der Nase ziehen! Du hättest gerade heute Morgen nicht so lange telefoniert, wenn nicht etwas wäre.«

»Also gut. Wir haben über der Affäre Hirsch glatt vergessen, dass wir ihn in einem anderen Fall unterstützen sollen. Daran hat er mich erinnert. Weil wir noch mitten in unserer Ermittlung stecken, übernimmt er die Beschattung in Oberursel heute Morgen selbst, und ich löse ihn am Mittag ab.«

»Heißt das, ich soll die Garage allein suchen?«

»Nein, selbstverständlich machen wir das zusammen. Erst wenn wir sie gefunden haben, fahre ich. Du kannst dann in Ruhe die Fotos sichten. Wenn du die richtigen gefunden hast, nimmst du sie mit und fährst heim. Ich komme zu dir, sobald ich die Beschattung beendet habe, und wir überlegen gemeinsam, wie wir weiter vorgehen. Dann wird es auch Zeit, dass wir Claus einweihen.«

»Na prima, du fährst spazieren, während ich mich durch einen Berg verstaubter Fotos wühlen darf.«

»Wollen wir tauschen?«

»Nein, schließlich hat Burkhard dich angerufen und nicht mich.«

»Bist du jetzt eingeschnappt?«

»Nein, kein bisschen.«

»Bist du wohl.«

»Meine Güte, müsst ihr euch eigentlich immer wie die kleinen Kinder benehmen?«, fragte nun Annika aufgebracht. »Wie soll Sven bei solchen Vorbildern denn jemals erwachsen werden?«

»Du hast ja recht«, gab Stefan mürrisch zu, und Peter sagte kleinlaut: »Wir werden jetzt wohl besser gehen. Wir sind ohnehin spät dran.«

»Ja, macht euch vom Acker und arbeitet was. Unsere Haushaltskassen leiden gewaltig darunter, dass ihr tagelang hier herumsitzt und euch gegenseitig anmotzt.«

Etwa zur gleichen Zeit lag Sarah Hirsch sturzbetrunken in ihrem Bett und haderte mit sich, Gott und der Welt. Ohne Rücksicht auf den Fötus in ihrem Bauch hatte sie sich so ziemlich alles einverleibt, was die glücklicherweise nicht sehr üppig bestückte Hausbar hergegeben hatte. Und das hatte allemal gereicht, um sie nahezu paralysiert in den Tag hineindämmern zu lassen. Erst ganz, ganz langsam kam sie wieder zu sich.

»Da … da hat der Kerl mich … mich ein… einfach so ab… ab… abserviert«, lallte sie vor sich hin, und ihr Hirn, das vom Alkohol noch völlig vernebelt war, begann erst allmählich wieder zu arbeiten.

»Du … du hast mich nur benutzt, du elen… elendes Schwein!«

Sarah Hirsch fiel es noch schwer, ihre Gedanken in Worte zu fassen, denn ihre Zunge wollte ihr einfach nicht gehorchen. Aber die Anklage gegen den Mann, der sie derart gedemütigt und wie ein benutztes Papiertaschentuch weggeworfen hatte, konnte einfach nicht stumm vorgebracht werden.

»A… Aber warum nur?«, fragte sie sich.

Die wenigen Sätze, die sie mehr hervorgewürgt als gesprochen hatte, hatten ihr so zugesetzt, dass sich das Zimmer um sie herum immer schneller zu drehen begann. Sie ließ sich erschöpft in ihr Kissen zurückfallen und schloss die Augen. Das Drehen wurde langsamer, und schließlich blieb das Zimmer in seiner gewohnten Position stehen. Mit der Zeit kamen die Ruhe und auch ihr Denkvermögen zumindest so weit zurück, dass ihr auffiel, wie oft ihr »Freund« sie kunstgerecht ausgefragt hatte. Aber plötzlich weiteten sich ihre Augen, und sie musste sich den Mund zuhalten, um nicht laut loszuschreien. Das konnte doch unmöglich wahr sein! Noch sträubte sie sich gegen ihre Erkenntnis, doch dann rief sie sich den vergangenen Nachmittag ins Gedächtnis zurück. Da hatten die beiden Detektive gesagt, sie hätten in Kürze Beweise dafür, dass ihr Mann unschuldig sei und bestimmt bald freigelassen werde. Ihr Liebhaber hatte das alles mitangehört, und wenn sie es sich recht überlegte, hatte sich sein Verhalten ihr gegenüber ab diesem Zeitpunkt irgendwie verändert. Vermutlich hatte er sich da schon einen Plan zurechtgelegt, wie er an diese Beweise gelangen konnte, und sie wurde nicht mehr gebraucht. Das konnte aber nur bedeuten, dass er …

Dieser Gedanke erschien ihr so ungeheuerlich, dass sie sich erneut an die Hausbar schleppte und aus den fast leeren Flaschen die allerletzten Tropfen herauskitzelte. Dann warf sie sich wieder heulend aufs Bett. Noch bevor das Karussell wieder Fahrt aufnehmen konnte, schlief sie ein.

Als sie wieder erwachte, drehte sich das Zimmer nicht mehr. Dafür hatte sie einen unangenehm pelzigen Geschmack im Mund und einen gewaltigen Zorn im Bauch. Wäre sie nüchtern gewesen, hätte sie vermutlich weniger impulsiv gehandelt, aber so griff sie zum Telefon auf dem Nachttisch, wählte die Nummer ihres Exfreundes und lauschte grollend dem Freizeichen.

Dass sie noch immer ziemlich angeschlagen war, merkte sie, als der Anrufbeantworter sie zum Sprechen aufforderte und ihre Stimme ihr nur widerwillig gehorchte.

»Du … du Feigling! Den Anruf … rufbeantworter vorschicken. Aber … aber das hilft dir nichts. Ich … ich weiß Bescheid. Du Mörder, du Ver… Verbrecher!«

Endlich war es heraus, das war geschafft. Von dieser fast schon unmenschlichen Anstrengung überwältigt, sank Sarah Hirsch erneut in ihr Kissen zurück und schlief augenblicklich ein.

»So, nun sind wir bei den Garagen, aber welche ist es?«, fragte Peter, als sie gegen elf Uhr dort ankamen.

»Kann ich nicht sagen. Der Vermieter hat einfach nur ›Die zu meiner Wohnung gehörende Garage‹ in den Mietvertrag geschrieben.«

»Dann gehen wir zu ihm. Wie heißt er?«

»Schmied. Er wohnt in Haus Nummer sechzehn«, sagte Stefan und ging voraus über die Straße, der Mehrfamilienhaussiedlung entgegen.

Haus für Haus lasen sie die Namen auf den Klingelschildern, aber keiner hatte auch nur die entfernteste Ähnlichkeit mit Schmied. Deshalb läutete Peter kurzerhand an der nächstbesten Klingel und wartete, ob sich jemand meldete.

Nur wenig später öffnete sich ein Fenster im Erdgeschoss, und eine ältere Frau sah heraus.

»Guten Tag, was wünschen Sie?«

»Ich wollte zu Herrn Schmied.«

»Da hätten Sie ein halbes Jahr früher kommen müssen.«

»Wieso?«

»Hubert Schmied ist gestorben, und ich bin hier die Nachmieterin. Seine Erben haben die Wohnung an mich vermietet. Was wollten Sie denn von ihm?«

»Zur Wohnung gehört doch auch eine Garage, stimmt das?«

»Ja schon, aber die können Sie nicht mieten. Sie ist schon an jemanden namens Hirsch vermietet.«

»Mieten wollen wir sie auch gar nicht. Wir sollen dort etwas abholen und wissen die Nummer nicht.«

»Die kann ich Ihnen leider auch nicht sagen, aber rufen Sie doch bei den Vermietern in Limburg an, die müssen es ja wissen.«

Peter wollte sich noch bedanken, aber die alte Frau hatte das Fenster bereits wieder geschlossen.

»Na, dann probieren wir die Schlösser eben durch«, sagte Peter griesgrämig, den die Zeit langsam zu drängen begann.

»Fahr, wenn du wegmusst, ich bin nicht sauer. Schließlich muss unser Geld ja irgendwo herkommen.«

»Nein, so viel Zeit muss schon sein«, sagte Peter, der sich nicht entschließen konnte loszufahren, obwohl ihn Burkhard Pfannmöller in Oberursel erwartete.

»Wie du willst, gib mir aber endlich den Schlüssel.«

Fast schon widerwillig ließ sich Peter den Garagenschlüssel aus der Hand nehmen, und Stefan begann ihn an einem Tor nach dem anderen auszuprobieren. Endlich hatten sie einmal Glück, denn er passte schon am achten Schloss. Da das Garagentor nun schon eine ganze Weile nicht mehr geöffnet worden war, schwang es nur widerwillig nach oben, als Peter es öffnete. Sie traten ein und staunten nicht schlecht, wie gut Gernot Hirschs Archiv eingerichtet war. An drei Wänden waren bis unter die Decke Holzregale aufgebaut, von denen nur eine Regalwand noch teilweise leer war. In der Ecke stand eine riesige Kiste mit offenbar gerade erst gelieferten Ordnungsboxen aus Pappe, bei denen Hirsch noch nicht zum Auspacken gekommen war. In der Mitte des Raumes stand unter einer starken Deckenlampe ein Schreibtisch, und der Bürostuhl dahinter sah sehr bequem aus. Nur die vier alten Winterreifen, die an einem der Regale lehnten, passten nicht so recht ins Bild.

»Der Lampe nach muss Hirsch bei geschlossenem Tor gearbeitet haben, er wollte wohl nicht gesehen werden«, sagte Stefan grinsend, und Peter, der nun wirklich losmusste, sagte: »Stimmt. – Na, dann such mal schön«, winkte und ging.

»Witzbold«, brummte Stefan, ließ das Garagentor offen, setzte sich an den Schreibtisch und versuchte sich in Hirschs Ordnungssystem hineinzudenken.

Dabei hatte es ihm der Mann leichter gemacht, als zuerst vermutet. Die Ordnungsboxen in den Regalen, kaum größer als Schuhkartons, waren ordentlich mit Steckkärtchen nummeriert. Stefan sah mit einem Blick, dass er von links nach rechts und von oben nach unten suchen musste, und begann die Reihen durchzugehen. Bis zum Karton 148 stand jedes Kästchen auf seinem Platz. Ein Regalboden ganz hinten in der Ecke war allerdings unter der Last der Fotos heruntergebrochen, und die Boxen 149 bis 162 waren abgestürzt. Man sah es aber nicht sofort, weil die Reifen, die dort standen, die Sicht versperrten. Zum Glück waren sie bis auf zwei verschlossen geblieben, und nur bei einem Teil war das Steckkärtchen mit der Nummer herausgerutscht. Stefan würde also vielleicht sieben von ihnen durchsehen müssen, bis er die Box 160 gefunden hatte.

»Peter, das hast du wieder gut hinbekommen, mir die blöde Sortierarbeit zu überlassen«, murmelte er grinsend, dann hob er die lose herumliegenden Fotos der zwei aufgeplatzten Kisten auf, setzte sich an den Schreibtisch und begann sie durchzusehen.

Unterdessen hatte auch der Mörder seinen Beobachtungsposten in einem Gebüsch bezogen. Von hier aus konnte er mit seinem starken Fernglas die Geschehnisse in der Garage gut beobachten, ohne selbst gesehen zu werden.

»Prima«, war sein einziger Kommentar, als er sah, wie der Ältere der beiden Detektive sich in sein Auto setzte und davonfuhr.

Das machte die Sache leichter für ihn. Zwei Leute unschädlich zu machen wäre auch für ihn mit einem gewissen Risiko behaftet gewesen. So aber konnte er hingehen, Weimershaus überwältigen und fesseln, um selbst nach den Fotos zu suchen. Doch dann entschied er sich dafür, nichts zu überstürzen. Warum sollte er selbst suchen, wenn das genauso gut dieser Schnüffler übernehmen konnte?

Er entschloss sich zu warten, bis dieser die Fotos gefunden hatte, und erst wenn er ganz sicher war, dass sie wirklich in einer Kiste dort drüben steckten, wollte er sich aus der Deckung wagen. Das bedeutete aber auch, dass er Weimershaus, der die Fotos dann schon gesehen hatte, gleich mitbeseitigen musste.

Burkhard Pfannmöller, der Peter schon seit einer halben Stunde sehnsüchtig erwartete, sah ihn vorwurfsvoll an, als dieser zu ihm ins Auto stieg. »Da bist du ja endlich.«

»Wir stehen im Fall Hirsch unmittelbar vor dem Durchbruch, ich konnte Stefan nicht früher allein lassen.«

»Ist ja schon gut, du bist ja da. Dann kann ich den Termin mit einer neuen Mandantin vielleicht doch noch wahrnehmen.«

»Ja«, sagte Peter ungewöhnlich einsilbig, aber nur wer ihn sehr gut kannte, wusste, dass ihn etwas bedrückte.

Der Anwalt sagte jedoch zu ihm: »Ich werde dich jetzt in die Observation einweisen, damit du weißt, um was es geht.«

Wieder kam nur das verräterisch knappe »Ja« über seine Lippen, und zudem rutschte er nervös auf dem Autositz herum.

»Peter, das ist der Mann, um den es geht«, sagte Burkhard Pfannmöller und hielt dem Detektiv ein Foto unter die Nase.

»Wir wissen, dass er im Hochhaus da vorn wohnt, auch wenn sein Name weder auf dem Briefkasten noch auf dem Klingelschild steht. Er ist dort auch nicht offiziell gemeldet. Sämtliche Vorladungen und Gerichtsbeschlüsse kamen als unzustellbar zurück. Aber damit ist jetzt Schluss. Sobald er aus dem Haus kommt, gehst du zu ihm hin und übergibst ihm die Vorladung. Er drückt sich auf diese Weise schon seit einigen Jahren vor den Unterhaltszahlungen an seinen Sohn.«

»Ach stimmt … ich vergesse immer, dass dein zweites Fachgebiet Familienrecht ist …«

»Und das Wirtschaftsrecht nicht zu vergessen«, meinte Dr. Pfannmöller launig. »Auch wenn ich das inzwischen aufgegeben habe.«

»Gut, dann weiß ich Bescheid, du kannst fahren«, sagte Peter, sah dabei aber so bedrückt und sorgenvoll aus, dass selbst der Anwalt, der ja nicht ständig mit ihm zu tun hatte, nun fragte: »Peter, was ist los? Geht es dir nicht gut?«

»Doch, doch, es ist nur …«, druckste Peter herum, und Dr. Pfannmöller fragte scharf: »Zum Donnerwetter, was ist denn los?«

»Ich hab irgendwie ein dummes Gefühl in der Magengegend, weil ich Stefan an dem Ort, an dem wir vielleicht die Beweise für den wahren Mörder der Hirschs finden, allein gelassen habe. Immerhin ist der Mann schon einmal mit äußerster Brutalität vorgegangen, als er sich in die Ecke gedrängt fühlte.«

»Glaubst du, Stefan ist in Gefahr?«

»Glauben ist zu viel gesagt. Es ist, wie ich schon sagte, so ein Gefühl.«

»So bist du für mich auch keine große Hilfe. Fahr schon zurück, ich bleibe hier. Wenn ihr beiden den Fall Hirsch schnell und ordentlich zu Ende bringt, dann ist uns damit am allermeisten gedient.«

»Danke, Burkhard, das hätte mir einfach keine Ruhe gelassen.«

»Nun fahr schon, bevor du das Zielobjekt mit deiner hektischen Art noch verscheuchst«, sagte der Anwalt schon wieder lachend, und Peter stieg zurück in seinen Wagen. Wenige Augenblicke später war er mit Vollgas auf dem Weg zurück nach Kelkheim.

Unterdessen war Stefan fündig geworden. Es hatte eine Weile und einige Nerven gekostet, bis er den richtigen Karton unter den heruntergefallenen gefunden und vor sich auf dem Schreibtisch stehen hatte. Die Datumsangaben auf den Zetteln, die jedem Foto angeheftet waren, kamen dem gesuchten Zeitpunkt immer näher, dann endlich hatte er die Bilder in der Hand, die der bewussten »Fotosafari« Hirschs zuzuordnen waren. Alle waren sie da. Horst Schneider, Domenico Baruzzi, der dem Steuerberater wirklich einen Koffer übergab, und auch Jim-Bob Parker, der damit nachweislich nicht auf einer italienischen Autobahn unterwegs gewesen war, wie er es der Polizei gegenüber behauptet und mit Quittungen für die Autobahngebühr scheinbar belegt hatte. Parker schien auf dem Foto dem Steuerberater irgendetwas zu übergeben, was nicht zu erkennen war. Das musste mit einer Lupe genauer untersucht werden.

»Ich werde den ganzen Karton mit nach Hause nehmen«, murmelte Stefan, »denn ich bin gespannt, was auf den Fotos sonst noch zu sehen ist.«

Dann griff er zu seinem Handy, um Claus Mergentheimer anzurufen. Was mit den Aufzeichnungen des alten Hirsch in ihrem Büro passiert war, durfte sich mit den Fotos nicht wiederholen.

Der Mörder stand bis zum Äußersten angespannt auf seinem Beobachtungsposten und sah durch sein Fernglas deutlich, wie der Detektiv zusammenzuckte. Was das bedeutete, war klar: Nun wurde es ernst. Er machte sich bereit, das letzte Beweisstück zu vernichten, und obwohl auch der Schnüffler das nicht überleben sollte, setzte er zur Sicherheit noch eine Sturmhaube auf. Zögernd entschied er sich, nicht seine eigene Waffe, sondern die alte Pistole, die er bei Hirsch mitgenommen hatte, zu benutzen, und nahm sie aus dem Handschuhfach seines Wagens. Danach holte er den Fünf-Liter-Benzinkanister aus dem Kofferraum und marschierte los.

Dabei kam es ihm sehr gelegen, dass es ein kühler und trüber Nachmittag mit einer geschlossenen Wolkendecke war, denn so war kaum jemand auf der Straße unterwegs, und er brauchte, wenn er etwas Vorsicht bewahrte, keine Zeugen für sein Tun zu fürchten.

Noch bevor Stefan reagieren konnte, war der Mann bei ihm in der Garage und hatte das Schwingtor hinter sich geschlossen. Eine energische Bewegung mit der Pistole genügte, um Stefan klarzumachen, dass es erst einmal geschickter war, den Anweisungen des Mannes Folge zu leisten und sich in die Ecke zurückzuziehen, in die der Lauf der Pistole zeigte.

»Schieb die Reifen her!«, sagte der Mann, dessen gefährlich drohende Stimme Stefan sofort erkannte, und er tat, was er von ihm verlangte.

Dann drückte der Mann ab.

Mit der Verzögerung von einer Sekunde bemerkte er, dass die Pistole eine Ladehemmung hatte, und trat einen Schritt auf den völlig paralysierten Stefan zu. Dann zog er ihm den Pistolenknauf über den Kopf.

Noch während Stefan zu Boden ging, bemerkte er, wie das Blut aus seiner aufgeplatzten Augenbraue ihm übers Gesicht rann. Die Wut, die ihn packte, verhinderte, dass er ohnmächtig wurde. Mühsam rappelte er sich hoch und bemühte sich, dabei keinen Lärm zu machen, denn der Mann war so sehr damit beschäftigt, die alten Reifen, den Schreibtisch und alle Regale mit Benzin zu übergießen, dass er Stefan nicht beachtete.

Mit einem Zornesschrei stürzte sich Stefan auf den völlig verblüfften Mann, der im anschließenden Gerangel den Benzinkanister verlor, der auf den Schreibtisch fiel und dabei weiter auslief.

Dann drehte sich der Mann zu Stefan um und traf ihn dabei so unglücklich mit der Pistole an der Stirn, dass dieser erst einmal wie ein nasser Sack zu Boden ging. Als er sich wieder aufrappeln wollte, verlor er nach einem weiteren Schlag endgültig das Bewusstsein. Der Mann zündete mit seinem Feuerzeug das mit Benzin durchtränkte Tischbein des Schreibtisches an, und als die Flammen fast bis zur Decke hinaufschlugen, verließ er die Garage und schloss das Schwingtor.

10.

Peter kam gerade in dem Augenblick bei den Garagen an, als er einen Mann in etwa fünfzig Meter Entfernung in einen silberfarbenen Jaguar steigen sah. Er wunderte sich zuerst, dass der Fahrer davonbrauste, als ob der Teufel hinter ihm her wäre, dann sah er den dunklen, fast schwarzen Qualm aus allen Ritzen der Garage dringen. Sofort war ihm klar, dass es absolut richtig gewesen war, zurückzufahren.

Er rannte zur Garage hin und riss sofort das Schwingtor auf, weil er ahnte, dass Stefan noch drinnen war und es deshalb schnell gehen musste. Sofort drang ihm der stinkende und beißende Qualm entgegen, den die vor sich hin schwelenden Autoreifen verbreiteten. Peter sah zuerst kaum etwas, doch nachdem die Flammen durch die Luftzufuhr wieder höher loderten, ließ auch der Qualm nach. Nun sah er Stefan. Sein Freund und Kollege lag gefährlich nahe am Schreibtisch, der nun fast einer Fackel glich. Ohne zu zögern, trat Peter drei, vier Schritte in die Garage hinein und zog Stefan, der völlig regungslos am Boden lag, aus der Garage.

In diesem Moment begann Stefan zu husten.

»Ein Segen, du lebst!«, rief Peter aus, und die Tränen in den Augen des sonst so hartgesottenen Detektivs kamen nicht nur vom Qualm.

Erst jetzt fiel ihm auf, dass Stefan noch immer ein Foto

schützend an seinen Körper presste, und er fragte: »Was hast du denn da?«

»Es ist Parker ...«, begann Stefan, dann wurde er von einem heftigen Hustenkrampf unterbrochen.

»Auf dem Foto!?«

»Nicht nur.«

»Dann wird mir so einiges klar«, sagte Peter nachdenklich, der sich daran erinnerte, dass er den silberfarbenen Jaguar schon letzten Nachmittag vor Sarah Hirschs Haus hatte stehen sehen. Da hatte er ihn aber noch nicht einordnen können.

Peter hörte sich schnell nähernde Sirenen, und innerhalb weniger Minuten füllte sich der kleine Vorplatz mit Feuerwehr- und Rettungswagen, und auch Claus Mergentheimer traf mit seinem Privatwagen ein.

»Was machst du denn hier?«, fragte Peter den Kriminalbeamten.

»Stefan hat mich gerade angerufen, um mir den Fund des Fotos mitzuteilen, da brach der Tumult los. Selbst über mein Handy war unschwer zu hören, dass es sich um einen Überfall handelte. Er konnte mir gerade noch seinen Standpunkt durchgeben, dann brach die Verbindung ab. Zum Glück war ich gerade auf dem Weg zur Autowerkstatt nach Kelkheim.«

In der Zwischenzeit hatte die Feuerwehr ganze Arbeit geleistet und das Feuer gelöscht. Stefan, dem es bereits wieder etwas besser ging, wurde derweil vom Notarzt untersucht.

»Wir müssen Sie zur Beobachtung ins Kreiskrankenhaus nach Bad Soden bringen«, sagte der Mediziner.

»Nein ...«

»Was heißt hier nein? Sie haben eine Rauchvergiftung.«

»Ach Quatsch.«

»Aber natürlich. Wenn ich sage, Sie haben eine, dann haben Sie eine. Wer ist denn hier der Arzt, Sie oder ich?«

»Sie. Aber ich weiß trotzdem besser, wie es mir geht. Oder sitzen Sie in meiner Lunge?«

»Natürlich nicht, zum Donnerwetter. Aber auch mit einer leichten Rauchvergiftung ist nicht zu spaßen.«

»Ach was, leichte Rauchvergiftung!«, polterte Stefan los, hustete heftig und sprach dann weiter: »Ich lag auf dem Boden, und der untere Bereich der Garage war praktisch rauchfrei.«

»Okay, wie Sie wollen«, stellte der Mediziner resignierend fest, »für beratungsresistente Patienten wie Sie habe ich hier einen Vordruck, dass Sie auf eigene Verantwortung die weitere Behandlung ablehnen.«

»Na endlich, geben Sie schon her. Meine Krankenkasse wird sich freuen, etwas Geld gespart zu haben.«

Der Notarzt quittierte Stefans letzte Bemerkung mit einem Kopfschütteln, dann setzte er sich wieder ins Auto und fuhr davon. Stefan, für den das Thema damit abgehakt war, wandte sich wieder ihrem Fall zu. Claus erklärte Peter gerade, dass er die Spurensicherung aus Wiesbaden anfordern wolle, da der Brand mit einem Mordfall in Verbindung stehe, den die dortige Mordkommission bearbeite.

Als Peter merkte, dass Stefan sich wieder ins Geschehen einklinkte, drehte er sich zu ihm um und sagte grinsend: »Dem Notarzt hast du aber ganz schön Kontra gegeben.«

»Ach was, red nicht rum. Lass uns lieber zu Parker fahren, denn nach dieser Tat setzt er sich ganz bestimmt ab. Er kann gar nicht anders. Allerdings haben wir einen kleinen Vorteil. Er hat bestimmt nichts davon mitbekommen, dass du mich gerettet hast und ich schon wieder fit bin. Er denkt also, er hat genügend Zeit, seine Flucht vorzubereiten.«

»Fit?«, fragte Claus, wofür er einen ärgerlichen Blick von Stefan einfing. »Meint ihr wirklich, er wartet nicht erst mal ab? Er hat aus seiner Sicht doch alle Beweise beseitigt.«

»Da geb ich dir im Großen und Ganzen recht, aber ich habe ihn vom Tatort fliehen sehen«, sagte Peter.

»Meinst du, er hat dich bemerkt?«

»Ich bin mir nicht sicher.«

»Das ändert die Sachlage allerdings«, meinte Claus nachdenklich.

Unterdessen hatte die Feuerwehr ihre Schläuche wieder aufgerollt und war im Begriff davonzufahren. Da Claus nicht sicher war, ob die Wiesbadener Kriminalisten nun bereit waren, eine Verbindung zum Doppelmord Hirsch herzustellen, hatte er vorsorglich auch die Hofheimer Spurensicherer herbestellt, die jeden Augenblick eintreffen mussten.

»Peter, Stefan«, begann Claus kurze Zeit später erneut, »ich habe mir Folgendes überlegt. Ich binde euch jetzt in eine Polizeiaktion ein, aber macht um Gottes willen keinen Mist, und haltet euch im Hintergrund, denn das kann mich sonst meinen Job kosten. Ich rufe zudem die Kelkheimer Kollegen zu Hilfe. Die sollen unauffällig die Straße vor Parkers Haus dichtmachen, und dann gehen wir rein. Bis meine Kollegen aus Hofheim vor Ort sind, kann es zu spät sein, und bis Wiesbaden reagiert …«

»… ist die Woche vergangen«, ergänzte Peter trocken.

Stefan, der noch einmal hüstelte, warf einen letzten Blick in das fast völlig ausgebrannte Innere der Garage, dann folgte er Peter und Claus zu deren Privatwagen. Während er einstieg, verschwendete er einen kurzen, verwunderten Gedanken daran, dass Claus das Risiko einging, Peter und ihn einzubinden, dann verließen sie den ungastlichen Ort.

Parker war nach dem Brandanschlag auf Stefan und die Fotos fast schon panisch vom Tatort geflohen. Ganz so eiskalt, wie er selbst immer geglaubt hatte, war er also doch nicht. Doch nachdem er sich ein Stück entfernt hatte, kehrte in seinem Inneren wieder Ruhe ein. Gleichwohl war ihm klar, dass er die weitere Entwicklung der Sache nicht mehr abwarten konnte, sondern seine Zelte in Deutschland so schnell wie möglich abbrechen musste.

Allerdings glaubte er der Polizei um mindestens einen Tag im Voraus zu sein. Selbst wenn die Feuerwehr, die ihm bei seiner Flucht vom Tatort begegnet war, es schaffte, das Leben von Stefan Weimershaus zu retten, würde es eine ganze Weile dauern, bis er vernehmungsfähig wäre. In den Wiesbadener Polizisten, die den armen Tölpel Rainer Hirsch verhaftet hatten, sah er erst recht keine Gefahr.

Dumm war nur, dass er sich an der Hand verbrannt hatte, als er den Schreibtisch angezündet und es eine Stichflamme gegeben hatte. Er konnte seinen schweren Wagen so kaum beherrschen und seufzte erleichtert, als er ihn auf dem Hof seines Hauses in Münster parkte. Er ging durch den Hintereingang hinein und stieg direkt in den ersten Stock zu seiner Wohnung hinauf. Die Frau hinter der Theke seines Sonnenstudios, die ihn durch die geöffnete Tür vorbeihuschen sah, schüttelte verwundert den Kopf, da der sonst so überaus freundliche Mann grußlos die Treppe hinaufstürmte. Sein schmerzverzerrtes Gesicht und die Brandblasen an seiner Hand sah sie zum Glück nicht.

Oben angekommen rannte er ins Bad, strich Brandsalbe auf seine Hand und begann sie nicht sehr fachmännisch, dafür aber umso dicker mit Mullbinde zu umwickeln. Dabei ging er langsam und in Gedanken ins Wohnzimmer zurück. Er setzte sich in seinen Lieblingssessel und zwang sich zur Ruhe, denn was er jetzt am nötigsten brauchte, war ein kühler Kopf. Er hatte schon zu viele Fehler gemacht, damit musste Schluss sein. Er hätte sich selbst in den Allerwertesten treten können, dass er sich beim Überfall auf Stefan Weimershaus auf Hirschs alte Pistole verlassen hatte. Nur gut, dass wenigstens niemand von seinem Konto bei einer südamerikanischen Bank wusste und dass dort eine Viertelmillion Euro auf ihn wartete. Seine Ehe mit Brigitte Klingenthaler, der Millionärstochter, konnte er nun in den Wind schreiben, und das Haus hier war wohl auch verloren. Er konnte zufrieden sein, wenn er halbwegs ungeschoren aus der Sache herauskam – jetzt, da der Boden unter seinen Füßen langsam zu heiß wurde. Ein Glück, dass er klug genug gewesen war, schon beizeiten vorzusorgen. Darauf musste er, wenn wieder Ruhe in seinem Leben eingekehrt war, einen heben.

Parker riss sich aus seinen Fantasien und ging zum Tresor hinüber. Er stellte die Zahlenkombination ein und öffnete ihn. Da lagen sie, seine Nothelfer. Ein gefälschter Pass, dreißigtausend Euro in bar und eine Pistole, die mit Sicherheit besser funktionierte als die von Hirsch.

Er zog sein Sakko wieder über, verstaute Pass und Geld in der Innentasche und sah sich wehmütig in der Wohnung um. Dieses gemütliche Heim, in das er während der letzten Jahre so viel Geld und Arbeit investiert hatte, würde er nun für immer zurücklassen müssen.

Da fiel sein Blick auf die blinkende Leuchtdiode am Anrufbeantworter. Er konnte es nicht lassen und drückte die Wiedergabetaste.

Vollkommen überrascht und verwundert lauschte er Sarahs Stimme, die offenbar in volltrunkenem Zustand bei ihm angerufen hatte. Dennoch war sehr genau zu verstehen, dass sie ihn des Mordes an ihren Schwiegereltern bezichtigte.

»Dein Pech, dass du in diesem Zustand erkennst, was dir nüchtern verborgen blieb«, murmelte Parker und war sich plötzlich im Klaren darüber, dass er einen weiteren Fehler begangen hatte. Er hatte, als er einmal angetrunken war und vor ihr angeben wollte, zu viel von sich verraten. Leider hatte er, wenn er sich recht erinnerte, auch darüber gesprochen, wie man, rein hypothetisch natürlich, eine Flucht organisieren müsste, und war dabei viel zu sehr ins Detail gegangen. Nicht auszudenken, wenn ihr das wieder einfiel. Was das bedeutete, war klar. Er würde sie beseitigen müssen, bevor er verschwand.

Aber diesen Gedanken konnte er im Moment nicht weiter vertiefen, denn gerade als er den Löschknopf am Anrufbeantworter drückte, wurden von unten Stimmen laut, von denen er glaubte, eine als die Stimme eines Hofheimer Polizeibeamten wiederzuerkennen. Sofort war er auf der Hut. Er steckte seine Pistole in die Außentasche des Sakkos, setzte sich in seinen Sessel gegenüber der Wohnzimmertür und wartete.

Als Claus Mergentheimer, Peter und Stefan bei Parkers Sonnenstudio ankamen, näherten sich von Kelkheim her gerade zwei Streifenwagen mit den Beamten, die die Straße absperren sollten. Claus und die Detektive betraten das Studio durch den Vordereingang und fragten die Dame am Empfang nach Herrn Parker.

»Er ist oben in seiner Wohnung. Erwartet er Sie?«

»Ja, allerdings«, antwortete Peter, und die drei stiegen die Holztreppe zur Privatwohnung von Jim-Bob Parker hinauf.

Am Fuß der Treppe sagte Claus zu Stefan: »Bleibe bitte

etwas zurück, du bist noch nicht so fit. Wer weiß, was passiert.«

»Ganz gewiss nicht«, murmelte Stefan, ließ den Abstand aber auf drei Stufen anwachsen.

Vor der Wohnungstür angekommen, rief Claus: »Herr Parker, sind Sie da?«, und ließ seine Stimme so harmlos wie nur möglich klingen.

»Ja, im Wohnzimmer!«, kam es zurück, und man hatte den Eindruck, Parker fühlte sich vollkommen sicher. »Wer ist denn da?«

Claus und Peter traten ins Wohnzimmer, und Claus sagte zu Parker: »Ich bin Kriminalhauptkommissar Claus Mergentheimer und nehme Sie wegen versuchten Mordes an Stefan Weimershaus fest.«

Der Mann begann aus vollem Hals zu lachen, aber seine Gesichtszüge froren augenblicklich ein, als Stefan das Zimmer betrat. Dann handelte er blitzschnell. Mit einem kühnen Satz sprang er zur Tür hin, riss seine Pistole aus der Jackentasche und feuerte auf die drei. Er verfehlte Peter um Haaresbreite, streifte aber Claus' Hand, der ebenfalls seine Pistole gezogen hatte. Claus schrie auf, ließ die Pistole fallen, und noch bevor einer der Detektive reagieren konnte, zog Parker die Wohnzimmertür von außen zu und schloss ab. Nur zwei Sekunden später hörten sie, wie auch die Wohnungstür ins Schloss fiel.

Peter warf sich gegen die Zimmertür, die seiner Masse nichts entgegenzusetzen hatte und bereits nach dem ersten Versuch schief im Rahmen hing. Von seinem Erfolg beflügelt, rannte er auch gegen die Wohnungstür an. Da diese aber aus massivem Holz gefertigt war, brauchte es die gemeinsame Anstrengung der drei Eingesperrten, bevor sie nachgab.

Im Geräusch des splitternden Türrahmens gingen das Quietschen von Autoreifen und das Knirschen von aufeinandertreffendem Blech völlig unter. Lediglich die beiden Schüsse drangen laut und deutlich zu ihnen durch, während sie die Treppe hinunterstürmten.

Parker war stolz auf sich. Während er die Treppe hinunterrannte und durch den Hintereingang zu seinem Auto flüchtete, freute er sich, wie leicht es ihm gelungen war, die drei Typen auszutricksen. Er startete den Wagen und brauste über den kleinen Hof. Dabei vertraute er darauf, dass die Straße wie meistens frei war. Doch diesmal war sie es nicht, denn vier Polizisten versuchten ihn aufzuhalten, indem sie auf ihn anlegten. Er schoss zuerst.

Einen Beamten traf er in den Oberschenkel, und die anderen konnten sich nur durch beherzte Sprünge hinter dort geparkte Wagen in Sicherheit bringen.

Dann gelang Parker ein Husarenstück. Er riss das Steuer hart herum, schnitt den Weg des Linienbusses, der gerade von Süden her kam und von den Beamten nicht aufgehalten werden konnte. Er touchierte ihn an der Front, worauf der Fahrer voll in die Bremsen stieg und das Steuer verriss. Parker fuhr geistesgegenwärtig halb auf dem Bürgersteig, halb auf der Gegenfahrbahn am Bus vorbei und umkurvte so auch die Polizisten, die ihn wegen des Busses nicht im Sichtfeld hatten.

Diesen Moment des heillosen Durcheinanders nutzte Parker, gab Gas und beschleunigte seinen stark beschädigten Wagen. Bis die drei unverletzten Beamten wieder einsatzfähig waren, war er bereits verschwunden.

Nun kamen auch Peter, Stefan und der nur leicht verletzte Claus Mergentheimer aus dem Haus gerannt und sahen das Chaos, das der Sonnenstudiobesitzer angerichtet hatte.

Einer der Beamten kam auf Claus zu und sagte: »Er ist uns leider durch die Lappen gegangen. Wir konnten nichts machen, er hat sofort das Feuer auf uns eröffnet. Einen von uns hat es ziemlich erwischt, der NAW ist bereits unterwegs.«

Zuerst wollte Claus den Mann anfahren, aber dann besann er sich anders und fragte stattdessen: »In welche Richtung ist er denn geflüchtet, Herr …?«

»Polizeihauptmeister Franke. Er hat den Ortskern in Richtung Süden verlassen, aber er kommt bestimmt nicht weit.«

»Wieso?«

»Sehen Sie sich mal den Bus an, den hat er voll gerammt. Auch wenn er einen schweren Wagen fährt, ungeschoren kam er auch nicht davon. Mich würd's nicht wundern, wenn die Kiste keine hundert Meter von hier fahruntüchtig am Straßenrand steht.«

In diesem Augenblick kamen zeitgleich mit dem Rettungswagen auch Claus' Wiesbadener Kollegen angebraust und erfassten mit einem Blick, was hier geschehen war. Nur den Streifschuss an Claus' Hand, der inzwischen vom Sanitäter verbunden worden war, sahen sie nicht. Plötzlich verfügten sie über den Scharfsinn, den man während ihrer Ermittlungen so schmerzlich vermisst hatte.

»Mergentheimer, was fällt Ihnen ein, Zivilisten da reinzuziehen?«, fragte Schaaf ärgerlich. »Sie können sich schon mal auf ein Disziplinarverfahren einstellen.«

»Was wollen Sie denn?«, schnauzte nun Claus die Wiesbadener an. »Ich habe die Kelkheimer Beamten zu Hilfe gerufen, weil Eile geboten war. Außerdem habe ich Sie unverzüglich informiert. Wenn ich nicht hineingegangen wäre, Parker wäre sang- und klanglos verschwunden. Er war schon auf dem Sprung, als ich oben ankam.«

»Was heißt hier auf dem Sprung, und warum haben Sie diese Männer mit hinaufgenommen?«

»Das bedeutet, Parker war bereits dabei aufzubrechen und …«, begann Claus Mergentheimer, dann kam Peter ihm zu Hilfe: »… außerdem hat uns Herr Mergentheimer nicht mit hochgenommen. Wir waren auf eigene Faust da und sind bereits auf dem Weg nach oben gewesen, als Herr Mergentheimer zu uns stieß. Auch wir wollten Parker stellen.«

»So?«, kam es mehr als ungläubig zurück.

»Ja, Herr Weimershaus wäre vor zwei Stunden beinahe das dritte Opfer Parkers geworden. Aber das können Sie alles im Brandbericht der Kelkheimer Feuerwehr nachlesen.«

»Oder auch im Bericht der Hofheimer Spurensicherung«, sprang nun wieder Claus ein. »Die untersuchen nämlich gerade den gelöschten Brand. Parker hat versucht, Hirschs Fotoarchiv abzufackeln. Damit wollte er verhindern, dass seine Steuerhinterziehung und die Schwarzgeldgeschäfte, die er mit Mergert gemacht hat, auffliegen. Dabei versuchte er den Zeugen Weimershaus, der das Archiv mit Herrn Stettner zusammen gefunden hat und gerade dabei war, die Fotos zu sichten, gleich mitzuentsorgen. Es war glasklar Vorsatz, denn dazu hat er den Mann vorher noch niedergeschlagen.«

Sichtlich schockiert fragte Johannes Schaaf: »Wie kamen Sie denn trotzdem noch raus, Herr Weimershaus?«

»Mein Freund, Herr Stettner, hat mich im letzten Moment rausgezogen.«

»Ach du meine Güte. – Herr Mergentheimer, haben Sie

nicht am Telefon erwähnt, Sie hätten noch weitere starke Indizien dafür gefunden, dass Parker die Eltern von Rainer Hirsch getötet hat?«

»Ja. Gernot Hirsch hat nämlich seine Aufnahmen zwar mit einer Digitalkamera gemacht, seine Abzüge aber, da er keinen Drucker hatte, im Fotofachgeschäft machen lassen. Ich habe bereits einen Mann dorthin geschickt, und wenn sich bewahrheitet, was die Datumseinblendung in das Foto bereits andeutet, dann haben wir den Beweis, dass Parker bei der Polizei eine Falschaussage bezüglich seiner Abwesenheit von Kelkheim gemacht hat. Damit wäre dann auch die Verbindung zu Hirsch hergestellt. Wenn man das Ganze dann noch in Verbindung mit heute setzt …«

»Ich geb mich geschlagen, das hat Hand und Fuß«, sagte Schaaf, und Claus führte weiter aus: »Meine Theorie zielt nun dahin, dass Parker versucht hat, Gernot Hirsch das Foto abzukaufen, dabei aber bei diesem Hardliner auf Granit gestoßen ist. Wahrscheinlich hat der alte Querulant sogar gedroht, ihn wegen dieses Manipulationsversuchs zusätzlich anzuzeigen, und die Dummheit besessen, ihn mithilfe seiner alten Pistole aus der Wohnung werfen zu wollen. Dabei ist die Sache dann eskaliert.«

Schon während Claus seine Theorie darlegte, hatte Hauptkommissar Schaaf zustimmend genickt, und als er geendet hatte, sagte Kriminalhauptmeister Aigner sogar: »Ja, so könnte es gewesen sein.«

»Es könnte nicht nur, es war so; glauben Sie es mir. Wir sollten jetzt aber nicht anfangen, unsere Fehler gegeneinander aufzurechnen, da es gilt, diesen Verbrecher dingfest zu machen. Wir sollten lieber mit vereinten Kräften überlegen, wo dieser Bursche sich verkrochen haben könnte.«

»Dazu kann ich vielleicht etwas beitragen«, sagte Peter.

»So, was denn?« Die Wiesbadener Beamten sahen ihn fragend an und wirkten erstaunlich zugänglich.

»Es ist mir auch erst vorhin klar geworden, als ich Parker mit seinem silbernen Jaguar von der Garage wegfahren sah.«

Nun sah auch Claus zu ihm hinüber, und Stefan drängte: »Mach es doch nicht so spannend.«

»Kannst du dich noch an den Wagen erinnern, der gestern so beknackt vor dem Haus von Rainer Hirsch parkte?«

»Ja, es war ein silberner Jaguar. Aber davon gibt's nicht nur einen.«

»Ich habe mir aus Gewohnheit das Kennzeichen gemerkt. Ich möchte wetten, dass es mit dem an Parkers PKW identisch ist. Weiß jemand …?«

»Ja«, sagte Claus und nannte es.

»Dann war er gestern im Haus, als wir Sarah Hirsch zu dem Fotoarchiv ihres Schwiegervaters befragten.«

»Was glauben Sie, hat sie die ganze Zeit gewusst, wo dieses Archiv ist?«, fragte Schaaf.

»Ich weiß, worauf Sie hinauswollen, aber ich glaube nicht, dass sie Parkers Komplizin ist. Ich glaube vielmehr, dass der sich an sie herangemacht hat, um sie auszuhorchen. Aber was ich eigentlich sagen wollte, war, dass er gestern vermutlich mitgehört hat, als sie den Anwalt ihres Mannes angerufen hat. Dieser war gerade auf dem Weg zu Rainer Hirsch und hat ihn in unserem Auftrag gefragt, was er über das Archiv weiß. Da wir dabei wertvolle Hinweise erhalten haben, hat Parker sich vermutlich an uns rangehängt, als wir das Archiv suchten.«

»Könnte dieser Parker Sarah Hirsch nicht auch in seiner Gewalt haben?«, fragte Aigner.

»Auch das wäre möglich«, bestätigte Claus, »auch wenn

ich das für eher unwahrscheinlich halte. Dazu hat sie sich in den letzten Tagen zu frei bewegt.«

»Richtig«, sagte Peter, »dennoch war Parker immer über unsere nächsten Schritte informiert und oftmals sogar einen voraus. So konnte er auch Hirschs Unterlagen aus unserem Büro stehlen. Das bedeutet aber auch, dass Sarah Hirsch für ihn zum unkalkulierbaren Risiko werden könnte.«

»Wie meinen Sie das?«, fragte Schaaf.

»Nun ja, sie scheinen, auch wenn sie nicht gemeinsame Sache gemacht haben, doch sehr eng verbunden gewesen zu sein. Da sagt man schon mal mehr, als klug ist. Vielleicht weiß Sarah inzwischen ja über seine Geldschiebereien Bescheid. Dass er ihr von dem Doppelmord erzählt hat, glaube ich nicht. Diese Konstellation lässt nun mehrere Fortsetzungen zu: Erstens, sie will mit ihm gehen, und er findet das gut. Dann wird er auf jeden Fall dort auftauchen. Zweitens, er will das nicht. Dann kann es natürlich sein, dass er einfach abhaut. Aber viel wahrscheinlicher ist es, dass er sie vorher zum Schweigen bringt. Aber selbst wenn sie nichts von einem Fluchtplan, aber sonst genug über ihn weiß, schwebt sie in akuter Lebensgefahr. Denn das Risiko, dass sie aus enttäuschter Liebe irgendetwas ausplaudert, wäre einfach zu groß.«

Der Polizeibeamte aus Wiesbaden starrte Peter einen Moment lang entgeistert an, bevor er sich durchringen konnte zu sagen: »Gut kombiniert, Sherlock.«

Aber Johannes Schaaf wäre nicht er selbst gewesen, hätte er sich nicht erdreistet, nach kaum zehn Sekunden Bedenkzeit scharf hinzuzufügen: »Wie kann es angehen, dass Sie wichtige Ermittlungsunterlagen bei sich im Büro haben und diese auch noch gestohlen werden können? Das ist doch unverantwortlich.«

»Das haben ja wohl Sie zu verantworten, und was heißt da eigentlich Ermittlungsunterlagen?«, fuhr Claus seinem Kollegen ins Wort. »Ich wollte Ihnen die kompletten Aufzeichnungen des Denunzianten Hirsch zukommen lassen. Aber Sie meinten doch den Mörder schon gefunden zu haben. Können Sie sich noch daran erinnern?«

»Hmm«, brummte der Beamte kleinlaut, und kurz darauf sagte er: »Wir sollten nicht länger hier herumstehen und wie die kleinen Kinder zanken. Denn wenn Sarah Hirsch wirklich in Gefahr ist, dürfen wir keine weitere Zeit verlieren. Wir können diesen Verbrecher nur dann überraschen, wenn wir ihn im Haus erwarten. Noch sind wir im Vorteil. Er dürfte im Moment noch ohne ausreichend funktionstüchtiges Fluchtfahrzeug sein und wird es als vorrangig betrachten, sich ein solches zu besorgen. Außerdem weiß er nicht, dass wir über ihn und Sarah Bescheid wissen.«

Schaaf hatte seine Ansprache kaum beendet, da begann der Leiter der Wiesbadener Mordkommission den Einsatz zu koordinieren. Zuerst ließ er Parker samt seinem Jaguar – für den Fall, dass er doch mit diesem Wagen sofort die Flucht angetreten hatte – bundesweit zur Fahndung ausschreiben. Danach forderte er zwei Kelkheimer Beamte und Claus auf, mitzukommen. Zu ihrer Überraschung dehnte er diese Aufforderung dann auch auf Peter und Stefan aus.

»Mehr Beamte sind auf die Schnelle nicht zu bekommen, und es ist Gefahr im Verzug. Je mehr Leute im Haus sind und die Umgebung im Blick behalten, umso sicherer wird es. Hören Sie? Sie beide beobachten nur! Sollte es tatsächlich zu einer Festnahme oder gar einem Schusswechsel kommen – halten Sie sich zurück!«

»Dann los«, sagte Claus. »Wir nehmen am besten unsere Privatfahrzeuge, das ist unauffälliger …«

Die Wiesbadener stimmten ihrem Kollegen überraschend friedfertig zu, und kurz darauf waren alle Mann unterwegs in die Roseggerstraße.

11.

Nachdem Parker lauthals losgelacht hatte, als er den Polizisten so leicht entkommen war, war sein Grund zur Freude allerdings schnell dahingeschmolzen. Das Motorengeräusch seines Wagens ließ ihn nichts Gutes ahnen.

Außerdem ärgerte er sich augenblicklich darüber, dass er dumm genug gewesen war, die Frankfurter Straße bis zu ihrem Ende durchzufahren. Er hatte schlichtweg vergessen, dass sie schon seit vielen Jahren eine Sackgasse und der Bahnübergang ins Industriegebiet auf Dauer geschlossen war. Gerade als er bei der Neunzig-Grad-Kurve wenden wollte, wo es früher am Münsterer Friedhof vorbei über die Bahn gegangen war, gab der Motor seines Wagens ein sirrendes Geräusch von sich.

Parker war klar, dass sein Auto gerade im Begriff war, sich zu verabschieden, deshalb disponierte er blitzschnell um. Kurzerhand ließ er es auf dem Parkplatz des Friedhofs ausrollen und stellte es in der hintersten Ecke unter einer riesigen Kastanie ab.

»Vielleicht war es doch nicht so falsch, gerade hierher gefahren zu sein«, sagte er zu sich selbst und sah auf seine Armbanduhr.

Prima, dachte er, in nicht einmal drei Stunden ist es stockdunkel, dann stehle ich mir ein Auto und fahre damit ins Allgäu. Die Zeit bis dahin überbrücke ich, indem ich ins Feld hinauslaufe.

»Oh, Scheiße, Allgäu!«, rief er nur eine Sekunde später ärgerlich aus, und es war gut, dass er noch im Auto saß.

Ihm war jäh eingefallen, dass er Sarah vor gut einer Woche aus einer angetrunkenen Laune heraus von seiner Wohnung im Allgäu erzählt hatte.

Parker hielt diese Wohnung schon seit einigen Jahren bereit, falls er einmal fliehen musste. Er hatte in diesem Zusammenhang allerdings mehr an Frauengeschichten gedacht als an die Polizei. Und das, obwohl er schon, seit er das Sonnenstudio besaß, Geld am Fiskus vorbeischob. Aber immerhin, man konnte diese Wohnung nicht so schnell mit ihm in Verbindung bringen, da ein ganz anderer Name im Mietvertrag stand. Außerdem kannte niemand dort sein wirkliches Aussehen, denn immer wenn er nach Memmingen fuhr, um einmal nach dem Rechten zu sehen, verkleidete er sich so, dass jeder ihm den biederen Beamten abgenommen hätte.

Nun aber hatte Sarah angedroht, ihn an die Polizei zu verraten, und das änderte alles. Er war sich sicher, dass sie es noch nicht getan hatte, auch oder gerade weil Kommissar Mergentheimer so kurz darauf bei ihm aufgetaucht war. Die Zeitansage auf dem Anrufbeantworter hatte ihm verraten, dass sie erst wenige Minuten zuvor bei ihm angerufen hatte. Da war sie noch kaum in der Lage gewesen, einen halbwegs klaren Satz zustande zu bringen. Noch wusste also niemand von ihrer Verbindung, und das sollte auch besser so bleiben, denn seine Flucht würde alles andere als einfach, wenn erst einmal die Spezialisten der Polizei Sarah ausgequetscht hätten. Aber selbst wenn sie bereits gequatscht hatte, musste er es wissen, um nicht in eine Falle zu tappen.

Dennoch schob er die Entscheidung, ob er Sarah wirklich beseitigen sollte, vorerst auf, denn hier konnte er nicht bleiben, und bis es dunkel war, musste er irgendwo untertauchen. Schnell stieg er aus seinem defekten Wagen, sah sich vorsichtig um, nahm den Aktenkoffer, in dem sich der künstliche Schnauzbart und die Perücke befanden, aus der extra dafür angebrachten Halterung im Kofferraum, warf seinem Wagen einen letzten wehmütigen Blick zu und ging mit schnellen Schritten ins dämmrige Feld hinaus.

Stefan, Peter, Claus und die anderen Beamten standen vor Sarah Hirschs Haus. Ihre Autos hatten sie weiter vorn in der Lessingstraße geparkt, um noch weniger aufzufallen. Denn Parker war gewiss auf der Hut und würde ihnen ganz gewiss nicht den Gefallen tun, blindlings in ihre Falle zu tappen. Claus und Johannes Schaaf gingen voraus, denn wenn sie als Siebenergruppe vor der Haustür aufgelaufen wären, hätten sie sich gleich mit Pauken und Trompeten ankündigen können. Auch wenn sie nicht damit rechneten, dass so früh am Abend schon etwas geschehen könnte, mussten sie nicht unbedingt sämtlichen Nachbarn auffallen.

»Na, dann läuten Sie mal, oder wollen Sie bis morgen warten?«, fragte Kommissar Schaaf, der bereits wieder Oberwasser bekam, zu Claus.

»Ja, ja«, sagte Claus und dachte: Mahlzeit, das kann ja heiter werden.

Dann läutete er.

Sie hörten, wie drinnen die laute Glocke anschlug, aber sonst blieb alles ruhig. Niemand öffnete die Tür oder kam an die Sprechanlage. Deshalb drängte Johannes Schaaf Claus zur Seite und läutete selbst Sturm. Jedoch blieb auch hier der Erfolg aus. Sarah Hirsch meldete sich nicht.

Oje, dachte Claus, womöglich sind wir bereits zu spät.

Sein Kollege schien ganz ähnliche Gedanken zu hegen, denn er sagte: »Ich fürchte, da brauchen wir die Spurensicherung.«

Genau in diesem Moment drang ihnen die verschlafene Stimme von Sarah Hirsch entgegen: »Ja, was gibt's? Bist du es, Jim-Bob?«

»Hier ist die Kriminalpolizei!«, rief Kriminalhauptmeister Aigner, der mit den anderen inzwischen herbeigeeilt war, recht ungehalten ins Mikrofon der Sprechanlage, worauf umgehend der Türöffner summte.

Die sieben traten ein und ärgerten sich, dass sie nun doch den Menschenauflauf vor der Haustür veranstaltet hatten, den sie ja hatten vermeiden wollen.

»Was ist denn los? Was wollen Sie?«, fragte Sarah, als sie im Morgenmantel die Treppen vom Schlafzimmer herunterkam.

»Sie warnen und vielleicht auch schützen«, sagte Claus nur, der inzwischen mit den anderen im Hausflur stand. Die Tür fiel hinter ihnen ins Schloss.

»Vor was oder wem denn?«, fragte Sarah, und es war nicht sicher, ob sie nur ahnungslos tat.

»Vor Ihrem Liebhaber Jim-Bob Parker, vor wem sonst?«, fuhr Johannes Schaaf die immer noch verheult wirkende Frau ungehalten an. »Stellen Sie sich bitte nicht dümmer, als Sie sind.«

Für den Bruchteil einer Sekunde flackerte ein ängstlicher Ausdruck in Sarahs Augen auf, dann ging sie in die Offensive: »Meinen Sie nicht, dass Sie sich im Ton vergreifen? Und außerdem, warum wollen Sie mich denn vor ihm warnen und schützen, wenn er mein Liebhaber sein soll?«

»Weil er das inzwischen ganz bestimmt nicht mehr ist«, meinte Peter.

»Äh, ja, wieso?«

»Stellen Sie sich doch nicht so an!«, fuhr Kommissar Schaaf erneut auf, und Peter sah sich genötigt, schlichtend einzugreifen: »Es besteht die Möglichkeit, dass er Sie zu töten versucht, weil Sie zu viel von ihm wissen. Irgendetwas von seinen Plänen hat er bestimmt verraten.«

»Warum sollte er das getan haben? Wo wollen Sie mich hier reinziehen?«

»Davon war keine Rede«, beschwichtigte Claus sie. »Er könnte sich verplappert und von seinen Geldschiebereien geredet haben. Oder seinen Fluchtplänen. Dass er es war, der Ihre Schwiegereltern ermordet hat, dürfte Ihnen inzwischen auch klar sein, oder?«

Sarah Hirsch gab ihren Widerstand auf. »Ja, in der Nacht als er mich verlassen hat, fand ich es heraus. Ich habe ihn am frühen Nachmittag angerufen und ihm auf dem Anrufbeantworter gesagt, dass ich ihn für den Mörder halte. Aber von den anderen Dingen weiß ich nichts.«

»Er wird Sie dennoch für eine prima Belastungszeugin halten. Glauben Sie mir, er kommt.«

»Meinen Sie wirklich?«

»Wenn man sich so nahestand, wie Sie beide, dann hat er Ihnen garantiert irgendwelche Dinge verraten, die er besser für sich behalten hätte. Weil Sie ihm damit schaden können. Denken Sie bitte darüber nach«, sagte Peter.

»Hm«, machte Sarah nachdenklich. »Aber meinen Sie wirklich, dass er so weit gehen würde, mich zu töten?«

»Wir vermuten es«, sagte Schaaf kurz angebunden, und Stefan präzisierte: »Er hat ja bereits gemordet und nichts mehr zu verlieren. Zudem hat er am Vormittag eine Brandstiftung begangen und sich kurze Zeit später einen Schusswechsel mit der Polizei geliefert, bei dem auch Herr Mergentheimer an der Hand verletzt wurde.«

Erst jetzt nahm Schaaf den Verband an Claus' Hand zur Kenntnis. »Oh, verdammt, das hätten Sie mir aber früher sagen müssen. Sie sind ja gar nicht voll einsatzfähig.«

Immer noch mehr als du, grollte Claus innerlich. Peter und Stefan, dachte er, ich beneide euch um euren Job. Ihr braucht euch nicht mit solchen Kollegen herumzuschlagen.

»Ach, das geht schon«, sagte er laut.

Während alle von dem kurzen Wortwechsel abgelenkt waren, war ihnen entgangen, dass sich Sarah Hirschs Haltung völlig verändert hatte. Von ihrer selbstbewusst-rebellischen Art war nichts geblieben. Zusammengekauert und fest in ihren Morgenmantel gewickelt, hockte sie auf der Couch und sah mit ängstlichen Augen in die Runde.

»Ich hatte Sie schon fast für seine Komplizin gehalten«, sagte Johannes Schaaf.

»Nein! Das bin ich ganz bestimmt nicht!«

»Ich glaube Ihnen«, sagte Peter und fragte nachdenklich: »Wann genau hat sich Parker an Sie herangemacht?«

»Vor etwa fünf Wochen.«

»Also kurz nachdem er sich von Ihrem Schwiegervater bei seinen illegalen Geschäften ertappt fühlte. Hat er Sie denn ausgehorcht?«

»Wenn ich es recht bedenke, von Anfang an. Er hat mich mit seiner Großzügigkeit umgarnt, sodass ich mich Hals über Kopf in ihn verliebte und, ehrlich gesagt, nichts davon mitbekommen habe. Mein Gott, war ich blöde.«

»Hat er die Adresse Ihres Schwiegervaters von Ihnen bekommen?«

»Äh … nein. Die hatte er bereits, das ist mir damals gar nicht bewusst geworden. Aber er wollte viele andere Dinge von mir wissen, die ich ihm ja nicht sagen konnte, da ich mit meinen Schwiegereltern auf Kriegsfuß stand. Aber werden Sie mal zu einem noblen Italiener in Limburg oder zum Shoppen auf die Kö eingeladen. Da setzt der Verstand aus. Er …«

»Aha«, unterbrach Schaaf sie kurzerhand, und man merkte deutlich, dass ihn die genauen Zusammenhänge nicht mehr interessierten. »So, jetzt haben wir genug geplaudert. Ich schlage vor, wir verteilen uns im Haus. Mein Kollege Aigner und ich bleiben hier bei Frau Hirsch. Sie, Herr Mergentheimer, übernehmen die Terrassentür und verhalten sich gefälligst so, dass man Sie von außen nicht sieht. Die beiden Kelkheimer Kollegen gehen bitte nach oben in den ersten Stock, von dort hat man den Garten und die Straße besonders gut im Blick. Die Herren Stettner und Weimershaus verhalten sich ruhig und vor allem im Hintergrund. Dies ist ein Polizeieinsatz und kein Kindergeburtstag.«

Stefan und Peter gingen in die Küche, ohne das Licht einzuschalten, denn falls Parker tatsächlich dreist genug war, hierher zu kommen, um die Hauptzeugin auszuschalten, musste er nicht gleich bemerken, dass mehrere Personen im Haus waren.

»Warum muss Schaaf eigentlich immer austeilen?«, fragte Stefan, als sie am Küchentisch saßen. »Er erinnert mich ein bisschen an Jäger.«

»Ich glaube, er ist ein zutiefst verunsicherter Mensch«, meinte Peter. »Er hat Angst, jemand könnte ihm seinen Job streitig machen. Deshalb teilt er lieber aus, bevor er einstecken muss.«

In der Zwischenzeit war Johannes Schaaf im Wohnzimmer auf die glorreiche Idee gekommen, in Wiesbaden anzurufen und eine Sondereinheit als Verstärkung anzufordern. Er schwor die Leute zwar darauf ein, vorsichtig zu sein und ohne großes Aufsehen zu erregen anzurücken, hätte sich aber denken können, dass ein zehn Mann starkes Sonderkommando in der nächtlich ruhigen Anwohnerstraße auffallen musste. Da konnten sie so vorsichtig zu Werke gehen, wie sie wollten.

Zum Glück ahnten Stefan und Peter nichts davon, ihnen wäre angst und bange geworden. Ein in die Enge getriebener Parker, der in Panik wild um sich schießt, würde vermutlich sehr viel Schaden anrichten; auch wenn er dabei letztlich auf der Strecke bleiben musste.

Die letzten zwei Stunden hatte Parker in der Scheune eines Aussiedlerhofes verbracht, die ein bisschen abseits des Wohnhauses lag und von dort aus nicht eingesehen werden konnte. Er hatte die Polizeihubschrauber gesehen und die Martinshörner der Polizeiwagen gehört, die überall unterwegs waren, um nach ihm zu fahnden. Dass sie noch immer große Kreise bis hinunter nach Frankfurt flogen, sagte ihm, dass sie seinen Jaguar noch nicht gefunden hatten. Sie hätten ihre Suche sonst mehr auf Kelkheim und seine Nachbarorte konzentriert. Wobei Parker glaubte, dass sie ihn auch dann nicht gefunden hätten, dazu war er zu genial. Konnte man es denn anders nennen, wenn man quasi in der Höhle des Löwen Schutz suchte? Auf die Idee, dass man es Größenwahn nennen könnte, kam er nicht. Dazu lag er viel zu bequem im Heu vergraben, und nur sein Kopf sah heraus. So konnte er die Hoffläche und den Himmel prima im Auge behalten und beobachten, ob sich jemand der Scheune näherte. Aber alles blieb ruhig.

Während er im warmen Heu lag und auf die Dunkelheit wartete, ging er seinen Plan immer wieder durch. Er war sich ziemlich sicher, dass im Moment weder die Polizei noch diese beiden Detektive seine Verbindung zu Sarah Hirsch kannten. Dennoch durfte er gerade sie und auch diesen Kommissar von der Hofheimer Kripo nicht unterschätzen.

Dass Sarah sich bereits mit der Polizei in Verbindung gesetzt hatte, fürchtete er nicht, denn er wusste, wie wenig sie vertrug und wie lange es dauerte, bis sie wieder zurechnungsfähig war. Sollte sie ihre Drohung aber wider Erwarten bereits wahr gemacht haben, dann musste er es erst recht wissen. Er musste also auf jeden Fall in die Roseggerstraße. Aber es war äußerste Vorsicht geboten. Bei der ersten Unregelmäßigkeit, die er entdeckte, wäre er weg. Dann hätte diese Schlampe eben Glück gehabt und überlebt, aber er hatte dann die Gewissheit, seine Flucht auf direktem Weg antreten zu müssen. Mit dreißigtausend Euro in der Tasche konnte man es sich in jedem Winkel Europas einige Wochen lang bequem machen, bis Gras über die Sache gewachsen war und er endgültig in Südamerika oder der Karibik untertauchen konnte.

Aber er durfte nichts überstürzen. Um Viertel nach neun, wenn es richtig dunkel war und kaum noch Leute auf der Straße waren, würde er vom Heuboden hinunterklettern und den kurzen Weg nach Liederbach hineinlaufen. Dort würde er auf einem Parkplatz einen schnellen, möglichst älteren Wagen stehlen. Leider war es in den letzten Jahren für einen Gelegenheitsdieb wie ihn dank moderner Techniken wie der Wegfahrsperre immer schwerer geworden, ein Auto zum Laufen zu bringen. Aber er würde bestimmt noch eines finden, womit er zu Sarahs Haus hinauffahren, sie aus dem Hinterhalt erschießen und dann schnell fliehen konnte.

Unterwegs würde er dann noch einmal das Auto wechseln und, wenn alles glattging, ins Allgäu fahren. Dort warteten Lebensmittelkonserven und Getränke für etwa sechs Wochen auf ihn, und wenn dann nicht mehr so intensiv nach ihm gefahndet würde, läge dort für seine Weiterreise noch ein kleines Geldbündel bereit, und im Keller stand sein Motorrad, eine Enduro mit bärenstarkem Motor, die ihm die Flucht erleichtern würde. Er verspürte keinerlei Lust, die negativen Erfahrungen, die er mit der amerikanischen Justiz gemacht hatte, in Deutschland zu vertiefen.

Wenn er allerdings nicht ins Allgäu konnte, wurde es schon schwieriger. Dann müsste Plan B zum Einsatz kommen. Er würde dann versuchen, auf dem schnellsten Weg Saarbrücken zu erreichen, unmittelbar vor der Grenze das Auto wechseln und in der darauffolgenden Nacht nach Südfrankreich weiterfahren. In der Provence, in Valbonne, einem Städtchen zwischen Grasse und Antibes, lebte ein ehemaliger Seemann, mit dem er in den USA eine Zelle geteilt hatte und der ihm noch einen Gefallen schuldig war. Mit einigen Scheinchen konnte er den bestimmt dazu überreden, ihm auf einem Frachter die Überfahrt nach Südamerika zu ermöglichen.

Über all seinen Plänen hätte Parker beinahe vergessen aufzubrechen. Vorsichtig kletterte er von dem Heuboden hinunter, sah sich unauffällig um, und als alles ruhig blieb, schlich er sich vom Hof. Bei der Hofeinfahrt angekommen, fragte er sich erneut, warum das Glück ausgerechnet ihn immer wieder begünstigte. Da lehnte ein Fahrrad an der Mauer, das nicht abgeschlossen und obendrein vollkommen fahrtüchtig war. So brauchte er nicht einmal nach Liederbach zu laufen.

Nur zehn Minuten später war er bereits am Bahnhof in Liederbach angekommen und fand auf einem benachbarten Parkplatz genau das automobile Schmuckstück, das in seinen Plan passte. Es war ein Mercedes 350 SE, dessen Baujahr er auf 1985 schätzte. Alt genug, um leicht geknackt zu werden, solide genug, um ihn dorthin zu bringen, wo er hinwollte, und schnell genug, um ihn zur Not aus der Gefahrenlinie zu schaffen. Nun hoffte er nur noch, dass der Wagen keine Alarmanlage hatte und der Tank wenigstens halb voll war. Denn ein Spritsäufer mit leerem Tank konnte er jetzt am wenigsten gebrauchen.

Parker hielt den Atem an, ob nicht die Hupe ertönte, wenn er die Tür öffnete, aber er hatte schon wieder Glück, alles blieb ruhig. Dann sah er, während er die Zündung kurzschloss, auf die Tankuhr und konnte sein Glück kaum fassen. Der Zeiger bewegte sich rasch der Vollmarke entgegen.

Als der Motor lief, zog er den Wählhebel der Automatik in Stellung R und ließ den schweren Wagen langsam zurückrollen, damit nicht mehr Lärm verursacht wurde als unbedingt nötig. Schließlich setzte er darauf, dass der Besitzer des Wagens, der vermutlich im angrenzenden Mehrfamilienhaus wohnte, sein Schmuckstück vor dem nächsten Morgen nicht vermisste.

In der Zwischenzeit hatte sich auch in der Roseggerstraße einiges getan. Hauptkommissar Schaaf war auf die Idee gekommen, Peter und Stefan doch noch aus dem Haus zu verbannen. Vermutlich hatte der Mann zu viel Angst vor seinen Vorgesetzten, denen gegenüber er, würde es zum großen Showdown kommen, in Erklärungsnöte geraten konnte. Besonders dann, wenn einer der Anwesenden sich nicht an die vereinbarte Version hielt, dass Peter und Stefan beim Eintreffen der Polizei bereits im Haus waren.

»Sie müssen mich verstehen«, sagte er bedauernd, und es war nicht zu erkennen, ob das ernst gemeint oder nur gespielt war.

»Aber wenn Parker schon in der Nähe ist und uns das Haus verlassen sieht?«

»Dann wäre das auch nicht weiter tragisch.«

»Wieso?«

»Nun, wenn er Sie und Ihren Kompagnon aus dem Haus gehen sieht, glaubt er bestimmt, dass Frau Hirsch nun allein drinnen ist.«

»Aber er weiß auch, dass wir sein Geheimnis kennen. Lassen Sie sich nicht umstimmen?«

Schaaf schüttelte energisch den Kopf.

Peter hob zu einem weiteren Argument an, dann hielt er inne und sagte: »Was soll's. Stefan, wir sind hier nicht erwünscht. Gehen wir.«

Stefan sah seinen Freund entgeistert an und sagte dann zu Schaaf: »Wenn Parker uns vor dem Haus sieht, glaubt er am Ende, Sarah habe uns eingeweiht, und schießt auf uns.«

»Ich glaube nicht, dass er schon da ist. Die Kollegen haben Garten und Straße fest im Blick. Sie hätten mir bereits gemeldet, wenn auch nur der kleinste Schatten zu sehen gewesen wäre«, sagte Schaaf ernsthaft, dann grinste er und meinte: »Außerdem können Sie ihm ja etwas Theater vorspielen. Sagen Sie zum Beispiel laut: Scheiße, warum redet die nicht? Jetzt ist er bestimmt über alle Berge. – Oder so ähnlich.«

»Alles klar«, sagte Peter und stand auf, ohne ein weiteres Wort zu verlieren.

Stefan tat eher widerwillig das Gleiche und folgte seinem Freund ins Freie.

Draußen fragte er verwundert: »Peter, was ist los? Warum hast du dich so einfach von ihm abbügeln lassen?«

»Wart's ab. Wenn wir im Auto sitzen, sag ich dir warum.«

»Aber Theater spielen müssen wir jetzt nicht, ich mache mich ungern lächerlich.«

»Nein, auf keinen Fall. Und nun ab zum Auto.«

Nur zwei Minuten später saßen die zwei in Peters Wagen, und Stefan fragte noch einmal eindringlich: »Was ist los mit dir? Warum hast du so schnell nachgegeben und das Feld geräumt? So kenne ich dich gar nicht.«

»Als ich vorhin auf der Toilette war, bin ich am Wohnzimmer vorbeigekommen und habe ein Gespräch belauscht, das Schaaf mit Wiesbaden geführt hat. Der macht seinem Namen wirklich alle Ehre.«

»Wieso, was hat er gesagt?«

»Etwas, das mir, ehrlich gesagt, jetzt noch den Angstschweiß auf die Stirn treibt. Er hat ein Sonderkommando zur Verstärkung hierher beordert.«

»Wie bitte? Das kann doch …«

»Genau, das kann nicht gut gehen. Wenn Parker Lunte riecht und abhaut, wäre das ja noch zu verkraften. Aber der ist alles andere als ein Kleinkrimineller, der sich widerstandslos festnehmen lässt. Er wird notfalls versuchen, sich den Weg freizuschießen, selbst wenn er kaum eine Chance hat, der Übermacht der Polizei zu entkommen. Da ist es mir schon lieber, wir haben hier draußen unseren Posten bezogen, wo niemand mit uns rechnet. Claus wird uns dafür dankbar sein.«

»Du hast …« recht wollte Stefan gerade sagen, als ihm das Wort, im Hals stecken blieb.

Denn ein Bus mit dunkel getönten Scheiben bog betont unauffällig in die Roseggerstraße ein.

»Die Verstärkung?«, murmelte er, und Peter nickte stumm.

Sie beobachteten, wie der Wagen vor Rainer Hirschs Nachbarhaus anhielt und die Schiebetür aufging. In diesem Moment bog auch ein älterer S-Klasse-Mercedes in die Straße ein und rollte verdächtig langsam bis zu deren Ende, wendete dort und fuhr genauso langsam wieder zurück. Stefan bemerkte, wie angespannt Peter mit einem Mal war, als er sah, dass ein Mann des Verstärkungsteams, der gerade ausgestiegen war, auf die Straße trat, um den Mercedes zu stoppen. Vermutlich wollte er den Fahrer kontrollieren. Aber anstatt anzuhalten, gab der Fahrer der Limousine Gas, erwischte den Beamten, der nicht mehr rechtzeitig zur Seite springen konnte, mit dem Kotflügel und schleuderte ihn zur Seite. Während der Polizist wahrscheinlich schwer verletzt auf dem Bordstein liegen blieb, raste der schwere Wagen mit Vollgas in Richtung Lessingstraße zurück.

Stefan hatte Peter noch nie so schnell aussteigen sehen wie in diesem Moment, und wo die Krähenfüße in Peters Hand auf einmal herkamen, war ihm auch schleierhaft. Peter schleuderte die mehrspitzig verschweißten Nägel mit verblüffender Treffsicherheit vor die Reifen des Fluchtwagens, als dieser mit quietschenden Reifen in die Lessingstraße einbog. Kurz darauf hatten zwei von ihnen bereits ihre Luft verloren, und der Wagen kam ins Schlingern. Parker verlor auf der abschüssigen Straße schnell die Gewalt über das Steuer, rammte zwei Autos und kam, als der Kühler sich um eine Straßenlaterne gewickelt hatte, zum Stehen.

Nun war auch Stefan auf den Beinen, und als Parker noch etwas benommen aus dem fahruntüchtigen Wagen stieg, um zu Fuß zu flüchten, war er schon bei ihm. Mit einem gezielten Tritt gegen den Unterarm schleuderte er die Pistole aus der Hand des Gangsters in ein Gebüsch, danach setzte er ihn durch einen genau dosierten Handkantenschlag schachmatt. Parker ging wie ein nasser Sack zu Boden.

In diesem Augenblick hörten Stefan und Peter den mehrstimmigen Ausruf: »Halt! Stehen bleiben, Polizei!«, denn die fünf unverletzten Männer der Sondereinheit kamen gerade herbeigestürmt und richteten ihre Waffen auf sie.

»Heben Sie die Arme und sagen Sie, wer Sie sind!«, sagte der Chef der Truppe scharf, und die Detektive erkannten sofort, dass es ratsam war, den Anweisungen der Sondereinheit Folge zu leisten. Schließlich waren deren Nerven nach dem Angriff auf ihren Kollegen bis zum Zerreißen angespannt.

»Ich bin Peter Stettner, Privatdetektiv, und das ist …«, begann Peter, da kamen die Hauptkommissare Schaaf und Mergentheimer herbeigeeilt.

Noch ganz außer Atem zeigten sie ihre Dienstausweise, und Claus sagte: »Die beiden sind Privatdetektive und auch hinter Parker her.«

Auf genau diesen Moment hatte der Verbrecher gewartet. Er war schon eine ganze Weile wieder bei Bewusstsein und hatte, sich unauffällig umschauend, die Umgebung nach seiner Pistole abgesucht. Dabei war ihm die Hofeinfahrt aufgefallen, die in einen riesigen Garten führte. Da er seine Pistole nirgends entdecken konnte, setzte er alles auf eine Karte. Genau in dem Moment, als die Beamten der Sondereinheit ihre Waffen sinken ließen, sprang er auf und wollte in die Hofeinfahrt sprinten, die im Dunkeln lag. Aber er hatte Stefan unterschätzt, der in seiner Nähe stand. Er hatte noch keine zwei Schritte zurückgelegt, da machte Stefan eine Drehung, und Jim-Bob Parker blieb die Luft weg. Noch bevor einer der Beamten reagieren konnte, hatte er Parker mit seinen Handschellen an die verbeulte Stoßstange des Mercedes gekettet.

»So, das ist dafür, dass du nicht mehr wegläufst«, sagte er triumphierend.

Dann drehte sich Stefan wieder zu den Beamten um, denen Peter gerade die genauen Umstände des Falls erklärte. In diesem Augenblick kamen gleich zwei Krankenwagen die Lessingstraße herauf und bogen in die Roseggerstraße ein.

»Zwei?«, fragte Stefan nur.

»Ja, Frau Hirsch hat plötzlich starke Schmerzen bekommen. Wir fürchteten, dass sie ihr Baby verlieren könnte. Der andere ist für unseren Kollegen.«

»Wie geht es ihm denn?«, fragte Peter.

»Interessiert Sie das wirklich?«

»Aber natürlich. Schließlich war ich früher selbst bei eurem Verein. Auch wenn das in Frankfurt war und schon verdammt lange her ist.«

»So, so«, sagte der Beamte nur, aber es klang schon freundlicher, und nach kurzem Zögern fügte er hinzu: »Unser Kollege hat bestimmt einige Knochenbrüche, aber als wir zu ihm kamen, war er ansprechbar. Sie haben übrigens gute Arbeit geleistet, meine Herren.«

»Danke«, sagte Peter überraschend verlegen, »aber dieser Parker hat einfach zu viel Untaten auf dem Gewissen.«

»Da haben Sie recht«, meinte Schaaf und sagte zu Stefan und Peter: »Für heute können Sie nach Hause gehen. Aber kommen Sie doch bitte in den nächsten Tagen nach Wiesbaden ins Präsidium, damit wir ein Protokoll anfertigen können.«

Einige Tage später, es war der Montag nach Parkers Festnahme, saßen Stefan und Peter zum ersten Mal wieder im Büro. Den Rest der vergangenen Woche hatten sie sich eine kleine Auszeit genommen, die sie dringend dafür benötigten, um ihre Frauen zu besänftigen. Kein Wunder, denn sie hatten sich am Tag von Parkers Festnahme nicht bei ihnen gemeldet, bis sie gegen ein Uhr in der Nacht bei ihnen hereinschneiten.

»Ist Annika dir noch böse?«, war die erste Frage, die Stefan seinem Freund und Kollegen stellte, kaum dass dieser am Schreibtisch saß.

»Na ja, so langsam geht's wieder. Dazu war aber ein gemeinsamer Einkaufsbummel nötig, dessen Höhepunkt das Juweliergeschäft war.«

»Da war Annika aber gnädig. Ich musste mit Verena ins Reisebüro. Dieses Mal konnte ich ihr die achttägige Flusskreuzfahrt von Passau nach Budapest nicht mehr abschlagen.«

»Wann soll's denn losgehen?«

»Am zwanzigsten Juni.«

»Wenigstens hast du auch was davon. Von der Kette mit dem sündhaft teuren Anhänger hat nur Annika was.«

»Ja, ja, ich hab was davon. Eine Woche lang Bammel, dass der Kahn nachts, wenn ich schlafe, absäuft.«

»Dann nimm dir doch einen Rettungsring mit in die Kabine«, sagte Peter gerade grinsend, da ging die Tür auf und Rainer Hirsch kam herein.

»Ich möchte mich nur noch mal bei Ihnen für die außergewöhnlich gute Arbeit bedanken.«

»Die hat natürlich ihren Preis«, meinte Peter und zog die Augenbrauen hoch.

»Ist schon überwiesen«, erwiderte Hirsch. »Ich bin aber der Meinung, dass Sie sich noch einen kleinen Zusatzbonus verdient haben. Ganz besonders Sie, Herr Weimershaus. Ich bin ganz gewiss kein Millionär, sonst wäre der Bonus höher ausgefallen, aber ich denke mir, es kommt auf die Symbolik an.«

Bei diesen Worten zog er zwei Schecks über vierhundert und sechshundert Euro aus der Tasche und überreichte sie den Detektiven.

»Das ist doch nicht nötig, Herr Hirsch«, sagte Stefan, aber Rainer Hirsch stellte klar: »Doch, das ist es sehr wohl. Ich bin mir nicht sicher, wie die Sache ohne sie ausgegangen wäre. Selbst Dr. Pfannmöller schien, auch wenn er versuchte, es sich nicht anmerken zu lassen, Zweifel am Ausgang des Prozesses gehabt zu haben. Meine Freiheit ist mir dieses Opfer wert. So, jetzt muss ich aber weiter, ich bin auf dem Weg zur Arbeit. Es war mir ein persönliches Bedürfnis, Ihnen noch einmal zu danken.«

»Das ist sehr großzügig von Ihnen«, sagte Stefan und fügte hinzu: »Dürfen wir Ihnen noch eine eher private Frage stellen?«

»Klar doch.«

»Ihre Frau ist schwanger …«

»Sie war es. Sie hat das Kind noch am Abend der Festnahme dieses Mörders verloren. Das ist übrigens auch der Grund, warum meine Eltern letztendlich doch gewonnen haben. Ich werde mich scheiden lassen.«

»So?«

»Auch wenn es vermutlich nur teilweise zutrifft, kann ich ihr zumindest im Moment nicht verzeihen, dass sie durch ihr Verhalten den Tod des Kindes begünstigt hat. Aber ich werde sie bis auf Weiteres kostenlos in der Eigentumswohnung meiner Eltern wohnen lassen, und sollte sie sich irgendwann in der Zukunft um einen Neubeginn bemühen … Na ja, wir werden sehen.«

Als Rainer Hirsch das Büro verlassen hatte, sagte Peter:

»Ein netter Kerl, trotz solcher Eltern. Ich weiß nicht, ob ich es schaffen würde, in dieser Situation einen Neuanfang immerhin für möglich zu halten. Ich fühl mich richtig gut dabei, ihm geholfen zu haben.«

»Ich auch«, stimmte Stefan zu.

Drei Monate später begann der Hauptprozess gegen Jim-Bob Parker. Nachdem er bereits vier Wochen zuvor wegen seiner Geldschiebereien und Steuerbetrugs zu drei Jahren Gefängnis verurteilt worden war, kam nun noch einiges dazu. Unter anderem wurde er wegen Totschlags, Mordes, dreifachen Mordversuchs, Körperverletzung, gefährlichen Eingriffs in den Straßenverkehr, Urkundenfälschung zur einzig gerechten Strafe verurteilt, die es für ihn geben konnte, da waren sich alle Medien einig: zu lebenslanger Freiheitsstrafe. Zudem wurde wegen seines besonders skrupellosen Vorgehens die besondere Schwere der Schuld festgestellt, was eine vorzeitige Freilassung nach fünfzehn Jahren unmöglich machte.

ENDE